RENDEZ-VOUS
À ESTEPONA

Åke Edwardson

RENDEZ-VOUS À ESTEPONA

Roman

Traduit du suédois par Rémi Cassaigne

JC Lattès

Titre de l'édition originale :
MÖT MIG I ESTEPONA
Publiée par Leopard förlag

Maquette de couverture : Atelier Didier Thimonier
Photo : © Mia Takahara / Plainpicture

Publié avec l'accord de Leopard Förlag, Stockholm et Leonhardt
& Høier Literary Agency A/S, Copenhague.

ISBN : 978-2-7096-3946-0

« D'autres endroits n'étaient pas si bien, mais c'était peut-être parce que nous n'allions pas très bien quand nous y étions. »

Ernest Hemingway

À Hanna et Vedran
Kristina et Proinsias

0

Les vagues sont plus hautes le ressac plus fort que jamais. C'est la nuit une autre nuit la dernière nuit. La première et la dernière nuit il le savait en faisant les préparatifs. Je n'en suis pas je n'y suis pas. Bientôt ailleurs. Là ce n'est pas moi. Je vais bientôt à nouveau être moi-même.

Si c'était ce qu'il voulait. S'il était possible d'être à nouveau soi-même.

Pour l'heure c'est ce qu'il veut. Il n'y a rien comme ça aucune excitation comme celle-là impossible de trouver une excitation comme celle-là allez montrez-moi sinon allez. Le sang qui monte à la tête son sang rien comme ça.

La ligne d'horizon clignote là-bas au-dessus de l'Afrique le soleil va se lever il va répandre l'aube sur la mer. Quand il sera arrivé ici ils seront tous partis sans laisser aucune trace.

Quelqu'un dit quelque chose c'est un juron comme on respire ça entre ça sort une histoire de sexe ça entre ça sort les jurons dans ce pays ne parlent que de sexe de Dieu de la Madone de cul des images folles. Comme ici comme maintenant. Un tas hurlant d'images et d'événements la plage et les vagues et le ciel et les hommes qui attendent l'excitation tremblante comme des rochers qui tremblent dans l'eau l'excitation qui tremble dans le vent comme la mort qui attend qui glisse avec le ressac qui surfe sur le ressac qui jamais ne tombe qui jamais ne se trompe. Comme les hommes qui attendent le bruit qui va venir vers eux par-dessus le ressac.

Ils entendent le bruit du moteur à présent tous en même temps les silhouettes autour de lui se figent se figent en une demi-seconde. Comme si le temps s'arrêtait comme s'il n'y avait pas d'avant ni d'après.

Le bruit augmente il vient vers eux. Tout est comme prévu le temps se remet en marche la mort avec lui. Il n'y a pas de mort sans temps certains disent que la mort s'est arrachée au temps mais ils se trompent tous ceux qui disent ça se trompent.

Le bateau était là-bas à présent la silhouette du yacht contre le ciel africain les silhouettes des hommes sur le pont. Il se retourna et vit la lumière de l'aube descendre au sommet des montagnes les montagnes blanches il se tourna à nouveau vers la mer tout le monde se précipitait vers la mer. Le temps allait trop vite le bateau était en retard et c'était dangereux à présent plus dangereux que jamais.

Ils commencèrent à avancer dans l'eau.

Le yacht mit un canot à la mer.

12

Il voyait les caisses passer de main en main dans le canot c'était plus grand qu'un canot une barge comme si des troupes allaient débarquer sur la plage et envahir le pays mais les ennemis n'allaient pas arriver de la mer.

Ils étaient déjà là.

Il entendit une des caisses tomber à l'eau là-bas il entendit des voix arriver jusqu'à lui des jurons dans une langue qu'il ne connaissait pas.

Il vit la caisse remonter à la surface une cargaison précieuse plus précieuse que la vie.

À présent les silhouettes portaient les caisses sur la plage.

Le jour commençait à percer sur la plage teintait tout de la couleur terne de l'aube comme de la cendre teintait tout.

Le yacht repartit vers le large.

C'est maintenant.

C'est ici.

Les mains soulèvent le couvercle de quelques caisses il pense ce sont les caisses du milieu comme si cela signifiait quelque chose. Il voit un reflet sur une des caisses. Personne ne dit rien. Il ne peut pas bouger se retourne encore l'horizon s'est éclairci au-dessus des montagnes prend la couleur qui va bientôt remplacer la cendre le bleu méditerranéen.

Une des silhouettes se déplace à présent un bruit de vent sur le sable. Tous se sont mis à porter et traîner les caisses sur le sable il ne porte plus ne traîne plus il n'est pas là-bas pourquoi n'y est-il pas pourquoi reste-t-il ici et à présent s'éloigne.

Quelqu'un l'appelle. Peut-être qu'il sait peut-être qu'il reconnaît la voix.

Un homme appelle ou il chuchote siffle qu'il faut qu'il se magne que ça urge bordel de porc de la Madone ça urge avant qu'il fasse jour et qu'on puisse tout voir. Le jour ne pardonne pas la lumière est comme un éclat de verre dans l'œil.

Il entend à présent le bruit exploser sur la plage. C'est maintenant que ça se passe la lumière aveuglante il entend les cris les cris aveuglants.

1

Le chien aboie. Il a commencé par grogner mais personne ne l'a entendu dans la maison. Il aboie à présent parce qu'il entend quelque chose bouger dehors. Le chien sait qu'il y a quelque chose de dangereux dehors. Il doit arrêter le danger, il est là pour ça. Il n'est pas gros, mais sait aboyer. Ses yeux brillent dans la lueur des réverbères qui entre par la porte vitrée. Quelque chose bouge encore dehors. Le chien aboie à nouveau.

La lampe de l'entrée s'allume.

« Laïka ? Laïka ! Qu'est-ce qu'il y a, ma vieille ? »

Laïka se retourne. Puis se tourne à nouveau vers la porte et se remet à aboyer.

Une femme descend l'escalier. Blonde, en robe de chambre, l'air endormie, elle cligne des yeux dans la lumière.

« Le livreur de journaux t'a encore fait peur, ma vieille ? »

La femme se penche pour caresser le chien sur le museau et le cou. Il a cessé d'aboyer. Il grogne toujours, mais ce n'est plus si grave, comme si le danger était parti, le dangereux livreur de journaux.

« Là, ma vieille, là. C'est que tu réveilles toute la maison. Que vont dire les filles, si tu continues comme ça ? »

La femme se relève. Elle ouvre la porte et sort sur une petite véranda en bois. Il est cinq heures du matin, c'est l'aube, une bande claire à l'horizon, à l'est. Un parfum de fleurs et d'herbe, c'est la fin d'un mois d'août chaud mais humide. La journée sera belle. Elle s'en réjouit. Elle se réjouit de beaucoup de choses. Il n'y a pas de danger dans sa vie, ni ici ni là-bas.

La femme frissonne, comme au vent du nord. Laïka grogne derrière elle. La femme avance d'un pas sur le sol en bois et croit voir un mouvement du côté des érables, dans le coin ouest du jardin. Comme une ombre. Elle frissonne à nouveau. C'est le vent, le vent qui a fait bouger les branches qui touchent presque le sol. Le vent est retombé, plus rien ne bouge. À présent Laïka se tait.

Le chien ne l'a pas suivie dehors.

C'est la première fois qu'elle reste à l'intérieur alors que la porte est ouverte.

« Tu te mets à avoir peur du noir sur tes vieux jours, Laïka ? »

Mais il ne fait plus nuit du tout. La lumière augmente de seconde en seconde.

La femme descend les trois marches jusqu'à l'allée de gravier et gagne la grille et la boîte aux lettres. Il n'y a pas plus de vingt-cinq pas. Elle ouvre la boîte. Pas de journal. Elle entend à nouveau Laïka. Elle se retourne. Elle ne voit pas le chien, il a dû rester dans l'entrée. Son aboiement est étouffé. Il s'arrête. Tout est calme, calme dans son jardin idyllique. Et pourtant elle a peur, comme en plein vent froid. Elle frissonne à nouveau. Qu'est-ce que c'est ? pense-t-elle. Qu'est-ce qui m'arrive ? Ici, il n'y a aucun danger. Ici, c'est la maison.

Un homme est assis dans la cuisine. Son mari. Il est aussi en robe de chambre, lui rouge et noire, elle bleue et blanche. Il se frotte les yeux puis la regarde.

« Pas de journal, Rita ?

– Non, le livreur doit être en retard.

– Si seulement il vient. Il est peut-être déjà parti à la plage. Se baigner une dernière fois.

– À cinq heures du matin ?

– Il s'agit d'occuper les bons endroits. Les Russes arrivent en hélico à sept heures. Ils mettent leurs draps de bain sur les rochers pour marquer leurs places.

– Comme à la piscine de l'hôtel.

– Exactement.

– Tu as entendu Laïka ?

– Ça, oui. Elle m'a réveillé.

– Il y a quelque chose qui lui a fait peur, Peter.

– Tout lui fait peur.

– Elle n'a pas l'habitude d'aboyer à la porte.

– Quelqu'un a dû passer.

– La rue est à vingt mètres.

– Ce clébard a une bonne ouïe.

– Je ne plaisante pas. Tu sais bien que Laïka est presque sourde.

– Comment ça, tu ne plaisantes pas, chérie ?

– Je ne sais pas. » Elle ôte une mèche d'une oreille. « Il a fait si froid, dehors, tout d'un coup. »

Il met du café soluble dans deux tasses, verse un peu de lait chaud, puis l'eau de la bouilloire. Elle regarde par la fenêtre. Le soleil perce à travers le feuillage. Tout scintille.

« On n'a pas eu beaucoup de journées comme ça cet été, Peter.

– Il ne fait pas encore jour. Ça peut changer.

– Je ne savais pas que tu étais de Västerås.

– Västerås ?

– Le pays des râleurs. Un habitant de Västerås en rencontre un autre : "Aujourd'hui, en tout cas, il fait beau." Et l'autre : "Aujourd'hui, oui."

– Je n'ai jamais mis les pieds à Västerås.

– Un tiers de la population de Västerås habite Stockholm, dit-elle.

– Mais alors il n'en reste que les deux tiers.

– Eh oui.

– C'est triste. Pour Västerås, je veux dire. »

Il entend des pas dans l'escalier. Des petits pas. Une fillette se montre à la porte, suivie d'une autre.

« Bonjouur ! » lance l'aînée. Elle a six ans. Sa sœur, deux.

« Bonjouur !

– Bonjour les filles, répond Peter. Bonjour, Magdalena et bonjour, Isabella.

– Il ne pleut pas ! s'exclame Magdalena.

– Ce sera une belle journée, renchérit Rita.

– On ne pourrait pas aller se baigner ? dit l'aînée.

– Se baigner ! répète Isabella.

18

– C'est peut-être notre dernière chance, souligne Rita. Tu ne pourrais pas prendre un jour de congé, Peter ?

– Pas aujourd'hui. Impossible. »

Elle le regarde.

« Quelle chance que moi je sois en congé.

– Oui, vraiment.

– Je trouve qu'il n'y a rien de tel qu'une journée à la plage avec les filles.

– Moi aussi, dit-il. Une journée à la plage avec les filles. »

Peter roule en ville. La circulation est dense. Une goutte de pluie frappe le pare-brise, puis deux, trois, quatre, cinq. Et voilà, finie la belle journée. Dix minutes de soleil, tu parles d'un été.

Il zappe sur la bande FM depuis son volant, il n'entend rien qui lui plaise, il n'y a plus rien d'écoutable à la radio. Plus aucun de ces bons vieux morceaux qui font se sentir bien et détendu pendant un petit moment sur la route du boulot.

Il glisse un CD dans le lecteur. Il se sent plus calme. Son mobile vibre dans son support, s'allume et clignote.

« Allô ? » dit-il, les deux mains sur le volant.

Pas de réponse.

« Allô ? »

Ça grésille, puis plus rien, que la tonalité. L'écran indique « numéro masqué ». Ce n'est pas la première fois. Pas de problème avec les numéros masqués. Il n'est pas forcé de rappeler. Il ne s'emmerde plus à rappeler les numéros visibles non plus.

Le feu est rouge. Il s'arrête et regarde autour de lui. Personne ne semble le regarder, ils ont les yeux fixés sur la lumière rouge, comme si leur vie en dépendait. Et d'une certaine façon, c'est bien ça, se dit-il. La vie dépend de la lumière. Que la lumière soit.

Il écoute le murmure calme de Nick Cave, sans se calmer. Il tourne à gauche, puis encore à gauche et, une seconde, songe à tourner encore une fois à gauche pour rentrer à la maison, embarquer toute la famille et partir à la plage, loin. Loin dans la direction opposée.

Derrière lui, une voiture prend le même chemin. Bleue comme le bleu d'un soir d'été. Elle tourne à gauche, puis à gauche.

Il s'engouffre dans le parking souterrain, son véhicule est englouti par l'immeuble à la façade de verre. La voiture bleue a continué. Il a rêvé, il n'était pas suivi.

Dans l'ascenseur, il étudie son visage. Rien qu'il ne reconnaisse pas. Heureusement. Impossible de deviner de dehors ce qu'il cache à l'intérieur. Pas encore, pas complètement. On ne pourra jamais le voir. Je n'ai pas l'air si vieux, songe-t-il. Certains disent qu'on a le visage qu'on mérite. Je ne sais pas ce que ça signifie dans mon cas. Je le mérite, je le mérite plus que les autres.

Il porte un costume gris, un Oscar Jacobson, pas trop cher, mais pas non plus une merde bon marché. Au-dessus de la moyenne, il s'y tient depuis qu'il est adulte, la classe moyenne supé-rieure, peut-être pas la plus large, mais la plus sûre, la plus difficile à atteindre, d'en bas comme d'en haut. Il ne sait pas comment c'est depuis le côté, il n'a pas regardé dans cette direction, refuse de regarder dans cette direction.

Dans l'ascenseur, ses cheveux virent au bleu. Ses yeux semblent froids, il ne l'avait encore jamais remarqué, c'est curieux, comme si c'était la première fois qu'il se regardait dans les yeux, comme s'il y avait quelqu'un de l'autre côté du miroir. Tu n'es pas quelqu'un d'autre, pense-t-il, tu es Peter Mattéus. Tu n'es plus que Peter Mattéus, à présent. Il bouge les lèvres en réfléchissant à son nom.

Il sort de l'ascenseur et traverse des bureaux jusqu'à une pièce vitrée tout au bout. Partout du verre, partout de la lumière.

Il entre dans la pièce aux murs clairs couverts de diplômes encadrés et d'affiches. Tout y est lumineux. Il y a toujours beaucoup de rires et de lumière et de foi en l'avenir dans cette pièce. C'est une pièce pour winners. Tout l'étage est pour les winners, il n'y a que des winners ici. Tout est beaucoup trop lumineux pour des losers, voilà la logique, les losers sont attirés par l'ombre, les winners par la lumière. Il n'y a pas plus simple. *Winners, we are the winners.*

Cinq personnes sont déjà assises autour de la table ovale au centre de la pièce. Deux seulement tournent la tête quand il entre. Une femme est en pleine présentation PowerPoint, quelle foutue expression, *Présentation PowerPoint*. Elle affiche une alternative, qu'on étudie sur grand écran. Deux hommes se penchent en arrière, comme pour mieux voir.

La femme lève les yeux de son ordinateur. Elle porte un tailleur sombre. Et même une cravate. À quoi lui sert cette cravate ? se dit-il en s'asseyant. Elles vont donc nous remplacer partout ? Lui-même ne porte pas de cravate. Il estime ne pas en avoir besoin. Mais la cravate est un accessoire masculin.

« Je ne crois pas qu'ils diront non, dit la femme.

– Tu ne *crois* pas ? » rétorque l'homme assis à droite de Peter. La cinquantaine, il porte un bouc et des bretelles sur une chemise en lin. Il est plus âgé que Peter, paraît moins conventionnel.

La femme semble prise de court. Mais elle garde un air de winner. Peter se tourne vers l'homme.

« Allez, Lasse. Ne joue pas sur les mots.

– Jouer sur les mots ? On n'a pas besoin de *croire*, à ce stade, nous voulons savoir si la campagne fonctionne ou pas, et si elle fonctionne, le contrat est rempli. Pas vrai, Linda ?

– Oui… naturellement. » La femme reprend son stylo, l'étudie comme si elle le voyait pour la première fois. Comme s'il n'était plus si bien. Peut-être n'est-ce pas un bon stylo. Elle ne peut travailler qu'avec du bon matériel.

« Et toi, au fait, où t'étais passé ? dit Lasse en lui boxant légèrement l'épaule.

– Bouchon dans le tunnel de la bretelle sud.

– Encore ? »

Il hoche la tête.

« Pas d'alerte à la bombe, cette fois ? Ha ha !

– Je n'ai rien vu.

– Tu crois qu'on peut voir les terroristes ? En direct ? » Lasse rit à nouveau. « Comme je te vois ?

– Linda n'a pas fini, rappelle Peter en désignant de la tête la femme en tailleur.

– Quoi ? Non, OK. OK, OK. »

Linda affiche une nouvelle image à l'écran, c'est la corvée, mais elle n'y coupera pas.

Peter regarde par la fenêtre. L'eau dégouline sur les vitres. Elles ne seront jamais parties se baigner, songe-t-il. C'est peut-être cette pluie que Laïka avait perçue dans l'air. Les animaux ont ce genre de sensibilité. Il va peut-être y avoir de l'orage. Ou de la neige. Il n'y a plus de saisons.

Un jeune homme entre sans frapper par la porte ouverte sur le loft où la créativité est à l'œuvre, elle est à l'œuvre tout le temps, partout. Il y a bien cinquante personnes, ici. Toutes très créatives. Toutes intelligentes. La pub est un immense gaspillage d'intelligence. Peter regarde son collègue nouveau-venu, en jean et T-shirt, un air de lycéen.

« Putain, qu'est-ce que ça tombe, constate Lasse. Qu'est-ce que tu veux, Lukas ? »

Lukas tient une enveloppe bulle.

« Urgent, pour Peter.

– Urgent ? »

Lukas s'avance et lui remet le pli.

« Qu'est-ce que c'est ? » demande Peter.

Lasse rit.

« Lukas est très bien, mais le gars ne voit pas aux rayons X.

– Merci, dit Peter en prenant l'enveloppe. Pourquoi as-tu dit que c'était urgent ?

– Quelqu'un a appelé pour savoir si tu l'avais reçue. Je l'avais justement à la main et le type m'a précisé que c'était urgent. C'est le terme qu'il a employé.

– Quel type ?

– Il ne s'est pas présenté. Je lui ai demandé son nom, mais il a raccroché.

– D'où venait l'appel ?

– Je ne sais pas. Numéro masqué. Je suis venu directement. Puisque c'était...

– Urgent, complète Lasse. Tu n'as qu'à l'ouvrir tout de suite, qu'on puisse continuer cette session marathon.

– Non, non, objecte Peter en posant l'enveloppe sur la table.

– De nos jours, tout est urgent, conclut Lasse en se tournant vers Linda. *Linda, please, carry on.* »

D'un doigt, il déchire l'enveloppe. Pas d'expéditeur, pas d'adresse, juste un Post-it sur le coin gauche, ses initiales, écrites par la réceptionniste. Qui visiblement a supposé que ce n'était pas une bombe.

Les courriers spontanés ne sont pas tout à fait inhabituels, des petits malins qui tentent leur chance en expédiant leurs idées au bureau, comme si c'était une maison d'édition ou un parc d'attractions, des gens qui envoient des images ou des textes sur tout et n'importe quoi, on ne pourrait pas refuser, personne n'y avait encore jamais pensé. Parfois c'est bien, dans l'idée c'est bien, mais toujours présenté avec un tel amateurisme qu'on ne voit que ça. Ils n'ont donc rien d'autre à faire ? *Get a life* !

Il regarde l'enveloppe, y plonge la main et en sort des photographies format standard.

Il regarde autour de lui. Il est à présent à son bureau. À cinq mètres du créateur suivant, une femme en robe rouge, rouge à lèvres, chaussures rouges. La révolution n'est jamais loin d'une agence de pub.

Il étale les clichés sur son bureau.

Ils représentent sa famille.

Il n'a jamais vu ces photos, visiblement prises au téléobjectif. Peut-être depuis l'autre côté de la rue. Forcément. C'est comment, de l'autre côté de la rue ? Des maisons et des jardins privés. Mais il y a la route. Espace public. Quelqu'un peut-il venir au milieu de la route photographier les gens à leur insu ? La réponse est oui. Demandez à toutes les célébrités.

Il y a une photo de lui en train de gravir les marches de la véranda, une de Rita portant une corbeille de linge au séchoir, une de Magdalena et une d'Isabella. En train de jouer. De jouer dans son propre jardin ! Il sent la sueur couler sur son front et sa nuque, comme une douche froide. Il est en colère, aussi. Plusieurs sentiments en même temps. Ces clichés sont récents. Il peut presque dire quel jour c'était. Le ciel est gris au-dessus de toutes les têtes. C'est la scène qu'il a trouvée en rentrant à la maison cet après-midi-là. Il n'a vu personne avec un appareil photo. Il n'a pas regardé. Il aurait dû regarder. Il a perdu la main.

« Quelque chose d'intéressant ? »

Il lève les yeux vers le visage de Lasse.

« Non, non, dit-il en ramassant les photos pour les remettre dans l'enveloppe.

– Alors, qu'est-ce qu'il y avait de si urgent ?

– Pourquoi les gens ici ne se concentrent-ils pas sur leurs propres urgences ?

– Ha ha, c'est ça, occupe-toi de tes oignons et envoie chier les autres, *I get it, I got it.* »

Peter se lève.

« Où tu vas ?

– Eh bien, comme on vient de le dire...

– Oui, oui, bien vu. Ha ha. »

Lasse est peut-être sur le point de craquer, pense Peter. D'habitude, il n'est pas aussi collant. Peut-être que sa tête va exploser.

Peter soupèse l'enveloppe. Plus lourde que prévu. Il n'y a pas tout de suite pensé. Il y a autre chose à l'intérieur. Il se rassoit et regarde Lasse lui sourire, se mettre au garde-à-vous, faire une sorte de salut militaire puis tourner les talons comme à la parade avant de s'éloigner en marchant au pas, les jambes raides.

Direction l'asile de fous.

Peter glisse la main dans l'enveloppe et cherche à tâtons dans la mousse. Il sent quelque chose de dur.

Il sort une clé. Dessus, un chiffre. Une clé de consigne. Pas d'adresse sur la clé mais, en ville, il n'y a qu'une consigne digne de ce nom. Si le but est qu'il la trouve.

C'est le but. Mais pour quoi faire ?

Il inspecte à nouveau l'enveloppe. Rien d'écrit, pas de message. Il regarde au dos des photos, des clichés noir et blanc qu'on a dû tirer à l'ancienne, dans une chambre noire. Pas de texte.

Il se lève.

La sueur a coulé le long de son dos, vers l'entrejambe et les cuisses. Il est mouillé, il a froid, chaud. A-t-il peur ? Il ne sait pas. Il est en route pour la gare centrale.

Il trouve une place de stationnement sur le viaduc de Klaraberg après avoir tourné un quart d'heure. Quelques chauffeurs de taxi ont tenté de le chasser, mais il les a ignorés. Cette ville lui appartient autant qu'à eux, plus qu'à eux. Il y a vécu toute sa vie adulte. Eux, ils sont incapables de se repérer en centre-ville, ils ne trouvent jamais l'adresse de leurs clients.

Dans la gare, les gens vont et viennent, vont et viennent comme si personne ne trouvait le bon quai. Les haut-parleurs vocifèrent, il doit presque se boucher les oreilles. Comme s'il était devenu hypersensible au bruit. Il entend rire à côté de lui, se tourne, c'est une femme qui rit, hystérique, imitée par un homme. Mais de quoi rit-on dans une gare ?

La consigne se trouve derrière l'arcade nord. Il passe devant un vendeur de livres de poche, un fleuriste, partout des gens vont et viennent, comme du bétail en route pour nulle part, dans la confusion, en chasse d'un lieu où déposer ses petites affaires, ou peut-être sa vie entière, il a lu quelque part que les gens expulsés de leur maison conservaient parfois tous leurs souvenirs dans une consigne. C'était ainsi que ça finissait, que finissait la vie.

Il sort la clé de sa poche et vérifie le numéro. Il passe devant les rangées de casiers. Il semble n'y avoir plus aucun casier de libre, plus aucune clé dans les serrures. Il vérifie à nouveau le numéro. Il parcourt toute une rangée, tourne au bout. Là, il y a moins de monde. Il ralentit, il chauffe, ça brûle, là, là. Là. Il regarde. Personne dans les environs. Une zone calme dans le chaos, le chaos central.

Il ouvre le box. Il a exclu l'hypothèse d'une bombe. Ce serait trop simple, trop facile. Il regarde. Apparemment, personne ne le surveille.

L'intérieur du casier est sombre. D'abord, il ne voit rien. Le casier paraît vide. Puis il aperçoit le téléphone portable, tout au fond. Il sonne. Il se met à bouger, grouille là-dedans comme un scorpion à qui on aurait coupé le dard. Il s'est allumé dix secondes après qu'il a ouvert le casier.

Le téléphone sonne, sonne, il est paralysé. Il arrête de sonner. Puis recommence, sonne, sonne, vibre, s'allume, rampe comme un cafard. C'est ça, un très gros cafard, un insecte, une vermine.

Il inspecte derrière lui. Toujours personne. Comme si la zone avait été interdite. Barrée en attendant qu'il prenne le mobile.

Ils savent qu'il sait.

C'est là, maintenant. C'est maintenant que la vie me rattrape. Elle était là-dedans depuis le début, dans ce casier, toute ma vie attendait dans ce casier.

Il attrape ce fichu truc qui vibre. Ferme les yeux, les rouvre, décroche, se tait.

« Tu es là ? »

C'est de l'espagnol.

« Qui c'est ? dit-il en suédois. Vous savez que je suis là.

— Maintenant, je sais que c'est bien toi. On n'oublie pas cette voix.

— Je ne comprends pas.

— Bien sûr que si, tu comprends. Tu vois bien que je comprends un peu le suédois.

— Mais parlez suédois, alors ! C'est quoi, cette blague ? C'est une erreur. Je vais raccrocher. »

La ligne chuinte, il y a du bruit à l'autre bout du fil. Une nouvelle voix, neutre, correcte, suédoise.

« Ne raccrochez pas. »

Où sont-ils ? se demande-t-il. Ça doit être en Espagne, mais comment...

« Quittez la gare en prenant le portable. Rentrez directement chez vous. »

Ses yeux le brûlent. Il sent quelque chose dans sa bouche. La sueur jaillit de son crâne, comme un extincteur, comme si on avait monté un système d'extincteurs dans sa boîte crânienne.

« Qui êtes-vous ?

– Faites ce qu'on vous dit.

– Pourquoi ? Je suis allé à la gare par curiosité. C'est tout.

– Et vous êtes encore curieux ?

– Non.

– Donc vous comprenez ?

– Ça ne m'intéresse plus. Ça ne m'amuse plus. Je ne veux plus jouer.

– Un instant. »

Il distingue des voix, mais pas les mots. Un murmure très lointain ou très proche. Il regarde encore autour de lui. Toujours personne dans les environs. C'est très étrange, il entend des milliers de gens de l'autre côté du mur, comme si là-bas tout continuait comme avant, comme si rien de grave n'était arrivé et n'arriverait jamais là-bas. C'est comme être en prison et écouter les bruits de la vie au-dehors.

« Je vous conseille d'être au contraire très inté-ressé, reprit la voix. Pour vous, pour votre famille.

– Qu'est-ce que ma famille a à voir là-dedans ?

– Rentrez chez vous. Tout de suite.

– Qu'avez-vous fait ?

– Rentrez tranquillement chez vous en emportant le téléphone.

– Mais bordel, j'ai déjà le mien !

– Prenez aussi celui-là », répéta la voix, avant de s'éteindre. Il ne reste plus que ce chuintement dans l'oreille de Peter, comme quand on cherche une station radio. Il sait qu'une partie du bruit qu'on entend alors est une interférence avec des ondes vieilles de milliards d'années, remontant au big bang, si loin qu'on n'en reviendra jamais.

Il s'arrête devant son garage. Le dôme du Globe luit au-dessus d'Enskede Gård. En rentrant chez lui, il l'a vu de partout.

Les filles jouent dans le jardin, Magda aide Isa à se balancer. Son pouls se calme. Les deux enfants le saluent de la main, Isa manque de dégringoler de la balançoire. Elle se rattrape, très bien. Il va vite les serrer contre lui. La pelouse est humide. Il a cessé de pleuvoir.

« On n'est pas allées se baigner, dit Magda.

– Eh non, ma grande.

– Tu as fini ton travail, Papa ?

– Oui.

– Alors on peut tous aller se baigner.

– On va voir, ma grande.

– Mais il ne pleut plus », insiste-t-elle avec un geste vers le ciel.

Il est bleu et chaud au-dessus de leur maison. Il ne l'avait pas remarqué. Sur le chemin, il a observé ses yeux dans le rétroviseur. Toujours froids.

« Pleut plus ! » crie Isa en montrant le ciel.

Il lève à nouveau la tête. Ça se dégage à l'ouest, le soleil pourrait percer. Peut être une belle soirée. Tout peut bien se passer. Tout va bien. Tout ira toujours bien.

« Où est Rita ? dit-il.

– Pourquoi t'appelles jamais Maman Maman ? demande Magda.

– Parce que ce n'est pas ma maman. C'est ta maman.

– MA maman », souligne Isa.

Rita sort sur la véranda. Elle lui fait signe. Il la rejoint.

« Encore une surprise ! s'exclame-t-elle. Tu viens faire le suivi ?

– Comment ?

– Le suivi de l'envoi, comme on dit à la poste.

– Quel envoi ?

– Allez, arrête ta comédie, Peter. »

Elle n'a pas l'air désemparée, ni effrayée, ni interloquée. Juste joyeuse.

« Mais le délai est court, ajoute-t-elle.

– Le délai est court...

– Ne dis pas que tu n'étais pas au courant.

– Pas au courant...

– Tu es devenu un perroquet ?

– Perroquet...

– Comment ça va, mon vieux ? » Elle sourit. « Tu as l'air un peu ailleurs. Viens t'asseoir. Comment tu te sens ? »

Elle l'aide à s'asseoir sur le banc de la véranda, sa tête est étrangement légère.

« Ce n'est rien, la rassure-t-il. Lasse est en train de craquer au boulot. C'est peut-être contagieux.

31

– Non, sauf si vous avez pris ensemble des pilules qui font rire.

– Mais non. » Il se touche le front. « Je me suis juste senti bizarre tout d'un coup.

– C'est peut-être de l'hypertension. Ne bouge pas, je vais te chercher un verre d'eau. »

Il reste assis à regarder ses filles jouer dans le jardin. Elles sont à présent dans le bac à sable. Magda apprend à Isa à faire des pâtés, à moins que ce soit l'inverse. Elles lui font un signe de la main. Il leur fait signe à son tour.

Rita revient. Elle a un verre d'eau dans une main, une enveloppe bulle dans l'autre. Elle est blanche, il en a vu une semblable récemment. Il l'a laissée dans la voiture. La différence, c'est qu'il y a le nom du bureau sur la pochette qu'elle sort de l'enveloppe. Le logo de la boîte. Il a lui-même participé à sa création. Il en était fier. Il est toujours fier.

« Qu'est-ce que c'est ?

– Mais enfin, les billets !

– Les billets ?

– Ne recommence pas. Tu me fais marcher. » Elle rit. « Je sais que tu me fais marcher.

– Je peux voir ? » dit-il en tendant la main. Elle lui donne la pochette. Il y a quelque chose à l'intérieur, il glisse sa main et en sort une liasse de billets d'avion agrafés avec un carton à en-tête du bureau. Frappé aussi du logo.

Il lit : « Bon séjour au soleil. »

En majuscules, écrit à l'ordinateur.

Pas de signature.

« Bon, on arrête de faire semblant ? propose-t-elle en souriant.

– D'accord.

– Dire que tu as réussi à me cacher ça.

– Oui.

– Ça a à voir avec le boulot ? »

Les idées tournent dans sa tête comme un *jet* dans le ciel d'Europe. Il voit ses mains feuilleter les billets, de vrais billets, pas de simples impressions de billets électroniques. Il essaie de lire. Essaie encore. Il met un moment à trouver la destination. Il la relit. Elle l'entend.

« Pourquoi là-bas ? »

Il ne répond pas.

« Tu voulais aller spécialement dans ce coin, cette ville je veux dire ?

– Je ne sais pas...

– Peter, c'est la semaine prochaine !

– Oui.

– Comment pouvais-tu être sûr que je pourrais prendre cinq jours de congé début septembre ?

– Je... je savais.

– Je te l'ai dit ? Que je pourrais gratter quelques jours ? J'ai dû en parler au début de l'été.

– Je m'en souvenais.

– Ça, c'est vraiment une surprise.

– Oui...

– Tu as l'air un peu vaseux. Tu vas bien, dis ? »

Il sourit, essaie de sourire.

« Ça va bien.

– Mais on va loger où ? Il y a plusieurs villes sur la côte sud.

– C'est... c'est aussi une surprise. »

Les filles rient derrière eux.

« Elles iront chez Maman, annonce Rita, je l'ai déjà prévenue. »

33

Il ne sait vraiment plus quoi dire.

« Sauf qu'elles pourraient aussi venir avec nous, suggère-t-elle. Ce serait sympa, non ?

– Non, pas les filles. »

Il traverse la pelouse. Il a la tête cotonneuse, comme s'il ne savait pas bien où il mettait les pieds. Quelqu'un appelle mais il n'entend pas, il lève les yeux vers le ciel, un oiseau noir vole en cercle là-haut. Seul et calme. Le ciel est entièrement bleu. Quelqu'un l'appelle encore, il est à présent près de la voiture, c'est de là que vient la voix.

« Je veux que tu viennes toi aussi, Papa. »

C'est Magda sur la banquette arrière. Sa bouée sous le bras. Déjà gonflée.

« J'ai un peu de travail, ma grande.

– Mais justement, tu n'es pas au travail.

– C'est quelques papiers à la maison.

– Mais tu as dit que tu avais fini. »

Il regarde Rita. Aucun soutien à attendre de ce côté. Il ne peut rien expliquer. Il n'y a rien à expliquer.

« Demain, dit-il. Promis. »

Le soleil tente de pénétrer dans le bureau. L'oiseau noir est toujours là, comme s'il commandait l'attaque du soleil. Il ferme les persiennes et compose le numéro de l'agence de voyages.

Quelqu'un décroche dès la seconde sonnerie.

« Allô, bonjour, ici Peter Mattéus. J'ai reçu des billets d'avion par coursier... DHL... ça vient de chez vous... oui... oui, c'est ça... Je me demandais juste si la facture... si elle va me parvenir

d'abord oui... ah, le bureau ? Oui, comme d'habitude, oui... ah d'accord, comme ça je suis au
courant. Ah oui, déjà payé ? Bon, oui, merci. »

Il raccroche. Il ne veut pas appeler le bureau,
il ne veut pas passer pour un idiot.

Tout est silencieux, comme si tous retenaient
leur souffle. C'est l'impression qu'il a. Comme si
tous retenaient leur souffle. Retenaient leur souffle
si longtemps qu'il leur était ensuite impossible de
respirer.

Il parle tout seul, mais dans une langue qu'il n'a
plus parlée depuis des années. C'est un gros mot,
mais à peine lâché il a oublié lequel. Il y en a tant.

Il se lève de son bureau, gagne une bibliothèque
à l'autre bout de la pièce, enlève les livres de
l'avant-dernière étagère.

Il ôte le placage de bois qui cache le mur, derrière les livres.

Dans le mur, un coffre-fort. Il l'ouvre, en sort le
contenu. Des documents, quelques fins carnets,
quelques petits écrins. Quelques enveloppes brunes
ou blanches.

Des liasses de billets.

Il se rassoit à son bureau. Devant lui, l'enveloppe
DHL et, à côté, les photos récentes de la famille.

Il feuillette les carnets noirs sortis du coffre.

Il s'arrête à une page et inscrit une série de
chiffres sur un bloc-notes.

Il ouvre à présent les enveloppes du coffre.
Quelques papiers, on dirait surtout des factures.
De la troisième enveloppe tombe une photo noir
et blanc. Une jeune femme aux cheveux sombres.
Il la regarde comme s'il ne l'avait jamais vue. Il

secoue l'enveloppe. En sort un autre cliché. Plus grand. Il le lève et se voit lui-même, plus jeune, assis à une table de café. Le soleil projette des ombres très nettes, tout est noir ou blanc sur la photo. Un autre jeune homme est assis de l'autre côté de la table, il a les cheveux sombres, comme la femme de la petite photo. Au premier plan, une place. Des palmiers. Un mur blanc dans le coin supérieur droit de l'image.

Il y a une poupée sur le sol de la cuisine. Il trébuche dessus, la ramasse, la pose sur la table à côté des billets d'avion à destination du soleil qu'il vient de voir sur deux photographies. Ses pensées tourbillonnent.

Il fourre le bloc dans sa poche, sort, s'installe dans sa voiture et roule vers le sud, jusqu'à un centre commercial. On y trouve encore des téléphones à pièces.

La cabine sent l'urine et l'ivrogne, la bonne vieille odeur rassurante d'autrefois. Il sort son bloc, compose le long numéro qu'il a noté et attend.

Au bout de quatre sonneries, une femme lui répond. Quelques mots rapides en espagnol.

Il essaie de dire quelque chose.

Elle parle à nouveau avant qu'il n'ait le temps de lui exposer son problème. S'il s'agit d'un problème. C'est un rêve, voilà ce que c'est, peut-être un cauchemar, peut-être pire.

« *Yo quiero hablar con el seño...* », commence-t-il, mais il est interrompu. Un grondement comme la mer couvre la voix de la femme, ça cogne, résonne, gronde.

Elle dit à nouveau quelque chose. Il ne comprend pas.

« *No comprende* », déclare-t-il.

Il écoute encore, elle est irritée, hausse la voix. Maintenant il comprend. Il comprend ce qu'elle dit. Ça souffle et ça siffle derrière elle. C'est le numéro d'une blanchisserie. Elle n'a pas de temps pour lui. Il dit au revoir et raccroche.

Ça gronde dans ses oreilles quand il regagne sa voiture. Il sait que ce grondement va persister.

2

Il n'y a pas de bruit, la nuit, dans ce quartier.
Couché éveillé, il écoute le silence, le vrai silence,
celui qui n'existe plus. Le silence rassurant. Il se
tourne sur le côté, se retourne sur le dos, de l'autre
côté, revient sur le dos, sur l'autre côté, sur le dos,
sur le côté, dos, côté, se lève et essaie de pisser
pour la cinquième fois, il a envie mais rien ne
vient. C'est comme une maladie.

En regagnant son lit, il découvre l'aube à moitié
entrée dans la maison. Elle est passée entre les
persiennes, de force. L'aube est impitoyable, personne n'échappe au jour, pense-t-il en marchant
sur le parquet. Je n'y échapperai pas aujourd'hui.
Il n'y a pas de nuit où se cacher, ça c'est un cliché.

À présent, il est sur le dos. La lumière augmente
dans la chambre à une vitesse effrayante. Il ferme
fort les yeux, les rouvre, les referme, essaie de se
détendre, attend, et maintenant, comme un voile
déposé sur son visage, il sent une torpeur sourde
l'envahir.

C'est comme s'il voyait le coup de feu avant qu'il ne soit tiré, comme s'il entendait le bruit de l'explosion dans sa tête. C'est lui qui tient le pistolet. C'est du sable, il est sur du sable. Ce sont des vagues, il entend les vagues mordre la plage. Il tente de s'arracher le pistolet. Il crie. Tu n'y échapperas pas, salaud, tu ne m'échapperas pas, salaud !

Il crie.

« Peter ! Peter ! »

C'est une autre voix à présent.

« Peter ! »

Il essaie désormais de voir à travers la fumée.

« Peter, réveille-toi !

– Je suis réveillé, rétorque-t-il. Ça fume !

– Ça fume ? Comment ça ?

– Rien.

– Tu as fait un cauchemar. »

Il ne répond pas.

« Tu as poussé des cris terribles. »

Il se redresse.

« Il me faut un peu d'eau, dit-il en se levant.

– De quoi as-tu rêvé ?

– Rien, Rita. Rien dont je me souvienne, en tout cas. »

Elle lui caresse un bras.

« Tu es en nage, chéri. »

Il s'essuie le front, inspire profondément et se rassoit sur le lit.

« Mais qu'est-ce qu'il y a, à la fin ? insiste-t-elle. Quelque chose qui ne va pas ? C'est le boulot ?

– Non, tout va bien.

– Bien.

– Ce n'est rien. »

Il essaie à nouveau de se lever.

« Je suis peut-être en train d'attraper la crève, lance-t-il.

– Ce serait bête de tomber malade pile pour le voyage. »

Il se lève.

« Tu veux vraiment partir, Rita ?

– Pourquoi tu me demandes ça ?

– Je ne sais pas.

– Tu veux peut-être partir seul ?

– Non, non.

– Il y en a d'autres, du bureau ?

– Non. Je veux que tu m'accompagnes, Rita. C'est...

– Quoi ?

– C'est justement l'idée, avec ce voyage. »

Rita le regarde s'engager sur la route, tourner à droite et disparaître. La rue est calme le matin, en tout cas les matins où elle est là. Peut-être que le reste du temps c'est la fiesta du feu de Dieu. Qu'est-ce que ça veut dire, songe-t-elle, du feu de Dieu ? Dieu, lui, doit mener une vie calme, non ? Pas de sangria au ciel. De toute façon, je n'aime pas ça, la sangria.

Elle songe à la plage, à la mer. L'été est passé, mais elle se sent usée, comme si les beaux jours l'avaient lessivée, elle, la famille, les enfants, l'avaient rendue plus fatiguée qu'avant, comme si elle n'avait pas pu se reposer avant le retour de la nuit hivernale. Toujours la même nuit, pense-t-elle, nouvelle, mais toujours la même. Aussi froide. Pourquoi réfléchir à ça ? Je vais aller un peu au soleil.

Pourtant elle a froid. Elle frissonne. Un homme passe de l'autre côté de la rue. Il a les cheveux longs, une veste noire et un jean. Il porte des lunettes noires. Il passe de gauche à droite, en direction du centre. Il n'a pas l'air du quartier, il est du centre-ville. Elle veut qu'il y retourne le plus vite possible. Il ne marche pas vite. Il regarde vers sa maison mais ne peut pas la voir ici dans la cuisine, la lumière n'arrive pas jusque là. À présent il a disparu, très bien. Mon Dieu, quelle importance. Elle s'entend rire, ou quelque chose comme ça, elle émet un son. Elle se lève et voit alors l'homme revenir, de droite à gauche, il marche plus vite à présent, sans regarder la maison, sa maison. Disparu à nouveau. Il a dû oublier quelque chose chez lui, se dit-elle. Je ne l'ai jamais vu. Vient-il de s'installer ? Elle attend un moment à la fenêtre, mais il ne repasse pas.

Il ferme les yeux au volant. C'est très dangereux. Il les rouvre. Il est presque arrivé, il attend à un feu rouge. J'ai souvent attendu ici. Je détestais ça, non, détester c'est trop fort. Ça ne me plaisait pas. À présent j'aime ça. Je voudrais attendre ici jusqu'à la fin des temps. Ah, jusqu'à la fin des temps.

Il voit des corps qui bougent dans une eau noire. Il y a un mouvement à la périphérie. C'est un moteur qu'il entend, un moteur de voiture, non, pas un moteur de voiture. Tout devient blanc. Quelqu'un tombe, quelqu'un crie, il voit un visage, le tout en une seconde et le feu passe au vert, il peut y aller.

Il revient à la maison pour le déjeuner, entre dans la cuisine. Rita le regarde, étonnée.

« J'allais partir chercher Isa, annonce-t-elle.

– Je peux y aller.

– Il s'est passé quelque chose ?

– Non, quoi ?

– Ça fait une éternité que tu n'es pas rentré déjeuner.

– Il n'est jamais trop tard pour bien faire.

– Un sourire.

– Quoi ?

– C'est le genre de phrase qu'on dit avec un sourire. »

Il sourit.

« J'allais me faire une omelette, dit-elle. Puis aller chercher Isa.

– Très bien, une omelette. On peut mettre du fromage dedans.

– Il reste quelques pommes de terre d'hier soir, ajoute-t-elle.

– Alors ça sera une tortilla.

– Mais il faut la retourner dans la poêle. Je ne suis pas très douée pour ça. C'est toi l'expert.

– Je m'en occuperai en rentrant.

– Dis *cheese*. »

Il sourit.

Sur la banquette arrière, Isa se tait. Ils traversent l'agréable quartier résidentiel. Il a su tout de suite qu'il voulait vivre ici quand ils sont venus visiter la maison. Celle qu'ils habitent aujourd'hui. Il n'y a jamais eu la moindre hésitation.

« À quoi tu penses, ma grande ?

– À rien !

42

– Ça ne fait pas grand-chose. »

Il s'engage dans leur rue. Un homme traverse au niveau de leur portail. Il a les cheveux longs, des lunettes noires, une veste noire en cuir. Il se retourne lentement et regarde vers la voiture, puis descend la rue, s'en va.

Peter s'arrête devant son garage.

Il aide Isa à sortir.

« J'ai faim, dit-elle.

– Je vais faire une omelette.

– J'aime pas la nomelette.

– Celle-là va te plaire.

– Je veux jouer », répond-elle en partant vers la balançoire.

Rita est sur la véranda.

« La résa de l'hôtel est arrivée, annonce-t-elle.

– La résa de l'hôtel ?

– On va recommencer ce petit jeu ?

– Non. Super, qu'on l'ait reçue.

– J'aime les surprises, Peter, mais ça ne commence pas à faire un peu beaucoup de cachotteries ?

– De cachotteries ? »

Elle tourne les talons et rentre.

Il la suit.

« Je croyais que nous devions d'abord discuter avant de décider où loger, poursuit-elle une fois dans la cuisine.

– Oui.

– Alors pourquoi on ne l'a pas fait ? »

Il ne répond pas.

« Tu n'es pas du tout au courant ? Si c'est une sorte de prime, tu devrais savoir un minimum de trucs, non ? Tu es quand même un des chefs.

– C'est une agence internationale. J'étais au courant de la conférence là-bas... mais que je doive y aller moi... avec toi... ça s'est décidé plus tard.

– Comme l'hôtel ?

– Oui. »

Elle garde le silence. Il ne sait pas quoi dire.

« Il n'y aura pas d'autres Suédois, ajoute-t-il au bout d'un moment.

– Et alors ? Qu'est-ce que tu entends par là ?

– Je ne sais pas.

– Qu'est-ce qu'il y a, Peter ? Qu'est-ce que tu as, à la fin ?

– Rien, ça va.

– Ça n'a pas l'air.

– Ça va. Tout va bien.

– Tu veux qu'on laisse tout tomber ?

– Laisser tout tomber ?

– Le voyage. Peut-être que ça vaudrait mieux ? »

Il ne peut pas répondre. Il voudrait dire quelque chose, quelque chose sur ce qu'il ignore, sur ce qui va se passer maintenant, mais il ne peut pas.

Il saisit la résa. Joliment colorée, multicolore.

« Il n'y aura pas d'autres Suédois, répète-t-il en levant les yeux.

– Tu l'as déjà dit. Tant mieux.

– Je veux dire des Suédois du travail. »

Elle se lève.

« Ça a l'air d'un hôtel de luxe, constate-t-il.

– Tant mieux. »

Il se racle la gorge. Tousse.

Laïka entre dans la cuisine en se dandinant et se couche sous la table. Il enlève ses pieds.

« J'espère que je n'ai pas carrément attrapé la grippe, déclare-t-il.

– C'est peut-être psychosomatique.

– Qu'est-ce qui n'est pas psychosomatique ? rétorque-t-il en se mettant debout.

– C'est peut-être une allergie. » Il regarde la chienne, qui lève les yeux vers lui. Il y a une confiance absolue dans les yeux de Laïka, une fidélité absolue. « Peut-être que je suis devenu allergique aux poils de chien, dit-il en se dirigeant vers la porte.

– Où tu vas ?

– Au boulot.

– Mais on va manger.

– J'ai oublié un truc.

– C'est moi qui fais la tortilla, alors ? »

En s'engageant sur la rue, il voit la voiture garée de l'autre côté. Il n'y en a pas d'autres, c'est l'heure où il n'y a aucun véhicule garé dans leur rue. Notre rue, pense-t-il. Rue heureuse. Le bonheur absolu, comme dans le regard du clébard.

Ce visage lui dit quelque chose. Les cheveux, les lunettes. Il se retourne après l'avoir dépassé. Il ne voit qu'une silhouette assise, immobile.

Un téléphone sonne au moment où il tourne au coin de la rue, quelques centaines de mètres après le croisement. Ce n'est pas le sien, inerte sur son socle au-dessus du tableau de bord.

Ça sonne dans la boîte à gants. Il l'ouvre, comme il a ouvert le casier de la consigne où sonnait ce maudit téléphone. Il sonne, sonne, sonne. Il se penche et l'attrape.

« Allô ?

– Salut, Peter. C'est bien ton nom, maintenant ?

– Qui c'est ?

– Toujours le même. »

Il reconnaît la voix, la deuxième voix, celle qui parle parfaitement le suédois, comme un habitant de cette ville.

– C'était toi, dans la voiture devant chez moi ?

– Les cadeaux sont arrivés ? »

Peter ne répond pas. Il pourrait ouvrir sa vitre et balancer le téléphone. Il pourrait tout balancer.

Il entend la voix au loin. Il colle à nouveau le téléphone à son oreille.

« Je n'ai pas entendu, dit-il.

– Les cadeaux sont arrivés ?

– Quels cadeaux ?

– Ta femme était contente ? »

Au moment où la voix prononce ces mots, il comprend que c'est la mort qui parle à l'autre bout du fil. Ça devait finir ainsi. Une conversation avec la mort.

« Je ne veux pas parler d'elle, reprend-il.

– On n'en parle pas, alors.

– Qu'est-ce que vous me voulez ?

– Nous voulons que tu partes en voyage.

– Pourquoi ?

– Tu le sauras. Inutile de t'inquiéter.

– M'inquiéter ?

– Pas pour ça.

– Et pour quoi je devrais m'inquiéter ? »

Pas de réponse.

« Il faut que je sache de quoi il s'agit, menace-t-il. Il faut que je le sache MAINTENANT.

– Il s'agit du passé, dit la voix. Mais c'est tout ce que je sais.

– C'est tout ce que tu sais ?

46

– Ça ne me regarde pas.

– Mais ça regarde qui, alors ? »

Pas de réponse non plus.

« Je peux voyager seul. Je vais voyager seul.

– Non.

– Je voyage seul. Personne ne peut m'empêcher de voyager seul.

– Ce n'est pas le moment de faire des bêtises.

– Comment ça ? Pas le moment de faire des bêtises ?

– Tu répètes tout ce que je dis.

– Je répète tout ce que tu dis ?

– Tu as peur. Je comprends. C'est pour ça qu'il faut faire exactement ce qu'on te demande.

– Mais putain, je ne sais pas ce que je dois faire !

– Les cadeaux te l'indiquent. Après, tu verras. »

C'est une voix cultivée, celle d'une personne bien éduquée. Ou qui est douée pour mimer le raffinement. Le caractère.

« Nous ne partons pas, dit Peter.

– Ce serait idiot.

– Il faut que je sache de quoi il s'agit. Il faut que j'en sache plus.

– Pas maintenant.

– Je vais voir la police.

– Ce serait très idiot.

– Qu'est-ce que vous ferez, si je vais voir la police ? »

Pas de réponse. Question idiote, se dit-il, question très idiote.

Quand il ajoute quelque chose, il se rend compte que l'autre a déjà raccroché.

Il ne reste qu'un grondement dans son oreille, comme le début d'une tempête née très loin il y a très longtemps.

C'est le soir à présent, la fenêtre est ouverte sur le jardin. Des parfums entrent de toutes parts, les bons parfums du jardin. Le crépuscule va bientôt céder la place à la nuit de septembre. On pourrait faire l'erreur de croire que c'est toujours l'été.

Il entend les voix des filles dans la maison. Elles vont aller se coucher. Il entend Rita. Il entend tout ce qu'il veut entendre, n'a jamais rien voulu entendre d'autre.

Les billets sont sur le bureau. Il les prend, les repose. Il examine les informations sur l'hôtel. Informations... Il pourrait décrocher son téléphone et informer les autorités. Il se demande s'ils l'en pensent capable. Que feraient-ils, dans ce cas ? Que ferait la police ? C'est un kidnapping sans kidnappés. C'est une menace, sans aucune menace. Il n'y a que des cadeaux.

Le vent souffle de plus en plus fort par la fenêtre. Il va s'y accouder. Le jardin est calme, désert, silencieux. On distingue encore la corde tendue entre deux arbres, qui permet à Laïka de courir en laisse, mais quand même libre. En laisse mais quand même libre, songe-t-il.

Il ne voit pas la chienne dehors. Elle aime bien se balader dans le jardin à la tombée de la nuit, fouiner dans la pénombre.

« Laïka, ma vieille. Laïka, où es-tu ? »

Pas de réponse.

Elle est peut-être dedans, envisage-t-il. Mais il sait qu'elle n'y est pas. Elle n'y est jamais à cette heure-là. Il vérifie à sa montre. Jamais à cette heure.

Il enjambe la fenêtre et saute. Ce n'est qu'un mètre cinquante de haut. Il atterrit en douceur sur la pelouse de septembre. On a vite fait le tour du jardin, très vite. Au bout de quelques pas, il sait que Laïka aurait déjà accouru si elle avait été là.

Il va vers la cabane à outils. Comme un petit pavillon, un kiosque, il l'a construite lui-même, facile. J'aurais dû être menuisier, s'était-il dit alors. Menuisier dès le départ.

Derrière la cabane pousse le vieil érable, avec la branche solide où les filles grimpent presque tous les jours. Un nœud coulant a été attaché à la branche et passé au cou de la chienne, dont le corps pend, fantôme blanc dans une lumière trouble de tableau. Il ne voit rien d'autre sa tête siffle il voit quelque chose bouger il n'entend rien.

3

C'est un rêve. Il ferme les yeux, les cligne, regarde à nouveau. Rien ne pend à l'arbre, pas de Laïka morte, que du vent. Aucun danger, que du vent, cet air que l'on respire pour survivre.

Un aboiement à présent, un autre, qu'il reconnaît. Il entend une voiture piler dans la rue, de l'autre côté de la maison. Les pneus crissent. Plus de chien, plus d'aboiements de Laïka, c'est forcément Laïka. Au début, il y avait lui, Rita et Laïka. Puis les filles sont arrivées. La voiture redémarre en trombe et disparaît vers le bas de la rue.

Il court le long de la maison, dévale le chemin.

Un homme à la grille. Il tient la chienne par le collier.

Peter ouvre la grille et Laïka se jette sur lui, aboie, lui lèche le visage. Elle est revenue chez elle.

L'homme reste dans la rue.

Peter ne l'a jamais vu. Il porte un costume d'été. Ses cheveux sont blonds. Il sourit.

« Merci, dit Peter en se relevant. Je ne sais pas comment elle est sortie. »

Laïka se précipite vers le jardin. Elle est chez elle. En sécurité. Elle jappe de joie.

L'homme hoche la tête. Une voiture est stationnée à cinquante mètres. Peter voit la silhouette d'un homme au volant.

« Le chien avait l'air effrayé, déclare l'homme.

– Elle a dû s'inquiéter.

– Pas terrible, comme chien de garde », remarque l'homme en regardant vers la maison. Peter suit son regard. Il n'y a rien par là. Laïka a disparu derrière la baraque.

« Merci encore, dit Peter.

– De rien. Pas de quoi. Nous avons pu freiner à temps. Tout s'est bien passé. »

L'homme n'a pas bougé. Il n'a pas l'air pressé. Son air lui dit quelque chose.

« Nous nous sommes déjà rencontrés ? demande Peter.

– Non.

– Vous en êtes certain ?

– Oui, pourquoi ? »

Cet homme lui dit quelque chose. Ce n'est pas son visage.

C'est la voix.

Il la reconnaît. À présent il la reconnaît.

Mon Dieu.

L'homme voit qu'il sait.

À cet instant, la voiture démarre. Peter jette un coup d'œil, mais revient à l'homme, qui n'a toujours pas bougé. Il a l'air de n'importe qui, pourrait être n'importe qui. Quelqu'un qui aide un chien égaré à rentrer chez lui. N'importe qui de bien.

« Qu'est-ce que vous voulez ? »

L'homme ne répond pas.

« Qui êtes-vous ? »

La voiture se dirige vers eux en marche arrière, du coin de l'œil il la voit reculer tout doucement, comme si elle avait un problème, une panne.

« Nous allons bientôt partir, dit l'homme.

– Pourquoi êtes-vous venus ? »

L'homme avance d'un pas. C'est la première fois qu'il bouge.

« Écoute bien, Mattéus. Fais comme ils disent. Tu comprends ? Fais comme ils disent.

– Qui ça, ils ?

– Tu sauras tout en temps et en heure. Fais juste comme ils disent, pour le moment. Fais ce voyage.

– Mais qui es-tu, alors ?

– Juste un messager.

– Messager ? »

La voiture redémarre. Elle est à vingt-cinq mètres.

« Et si je ne fais pas comme vous dites ? Comme ils disent. Vous tuerez Laïka ? La prochaine fois, c'est la mort ? »

Il y a une réponse dans les yeux de l'homme. Les yeux d'un assassin. Tuer n'est rien pour cet homme, et un chien, ça ne compte pas.

« Il me faut quelque chose. Une explication.

– Tu sauras tout ce que tu as besoin de savoir.

– Je veux y aller seul.

– Non.

– Alors, je veux que toute ma famille m'accompagne.

– Non.

– Et si je vais voir la police ? »

L'homme ne répond pas. Il se dirige vers la voiture. Ce n'était pas une question, ça n'appelait pas de réponse. Il ouvre la portière, monte, la portière claque, la voiture démarre.

Peter se retourne.

Rita vient vers lui.

« Qui c'était ?

– Quelqu'un qui a trouvé Laïka dans la rue.

– Dans la rue ? Comment elle a fait son compte ?

– Putain, qu'est-ce que j'en sais, moi ? »

Il voit Rita sursauter.

« Pardon, Rita. »

Il se dirige vers la maison.

« Peut-être qu'on ne va pas faire ce voyage », l'entend-il dire.

Il se retourne.

« Nous dev... bien sûr que si, nous allons partir.

– Nous le devons ? C'est bien ce que tu allais dire, que nous *devons* faire ce voyage ? »

Il ne répond pas. S'il dit quelque chose maintenant, il faudra tout expliquer. Et c'est impossible. Tout expliquer. Impossible.

Les projecteurs éblouissaient tout le monde, lui compris. Personne n'y a échappé, tous ont été aveuglés les secondes qu'il fallait.

Ils avaient promis.

Ils avaient promis !

Le soleil s'était-il déjà levé derrière les montagnes blanches quand cela s'est produit ?

À Stockholm aussi, il y a des Montagnes Blanches. C'est un parc. L'été, on y chante. Sur la Costa del Sol aussi, on chantait beaucoup. Naïf qu'il était, il avait chanté ! Bu et chanté. Et rêvé. Et aimé, oui, aussi. Ce n'était même pas un souvenir, même plus un souvenir, beaucoup moins, comme quelque chose de presque invisible, dissout, qui finit par s'effacer après avoir été des années brûlé par le soleil. Ce n'était pas que le souvenir de l'amour, c'était aussi le reste, tous les souvenirs qu'il avait essayé de brûler. Mais ils n'étaient pas tous aussi faibles que l'amour, qui est toujours le plus faible, quoi qu'on en dise.

Il se redresse dans le lit. Il n'arrive plus à penser. Il ne veut plus se souvenir, rien de tout ça. Ça n'existe plus. C'était une vie antérieure. Il est un autre, à présent. Les gens commencent de nouvelles vies.

Ceci est une nouvelle vie, pense-t-il en se levant, sentant la fraîcheur du parquet sous ses pieds. Tout ceci est nouveau, autant que je me souvienne.

Il va à la cuisine, se sert un verre d'eau et s'assoit.

C'est la peur qu'on n'oublie jamais.

L'excitation est plus grande que la peur. Pas d'excitation sans peur. Est-ce que ça me manque ?

Il ne veut pas s'avouer que ça lui manque. Peut-être allait-il retrouver ça, à présent, beaucoup d'excitation et beaucoup de peur. Tout. Ça l'attendait là-bas, tout. Et il faut qu'il pense, qu'il pense ! Qu'il se souvienne. Rassemble à nouveau ses souvenirs. Ils pourraient le sauver. Mais en même temps ils contiennent ce qui risque de causer sa perte.

Tu as beaucoup bronzé, dit-elle.

Bientôt, je serai aussi brun que toi, rétorque-t-il.

Alors, il faudra rester ici, au soleil, toute ta vie.

C'est peut-être ce que je vais faire.

Je ne crois pas.

Pourquoi pas ?

C'est trop dangereux.

Plus pour longtemps, dit-il.

Ce sera toujours dangereux d'être ici. D'être avec moi.

Ça ne peut pas être dangereux d'être avec toi, Naiara.

Sais-tu ce que veut dire mon nom ?

Naiara ?

Non, mon nom de famille. Ibarretxe.

Je sais à peine le prononcer.

Tu y arrives très bien. Tu es doué pour les langues. Cela signifie maison dans la vallée.

Un beau nom. En fait, Aitor m'a expliqué.

Aitor ?

Oui, il m'a expliqué ce que voulaient dire les noms basques.

C'est un beau pays, déclare-t-elle.

J'aimerais le voir.

Mais ce n'est pas un pays. Pas un pays indépendant.

Ça le sera un jour.

Au moins, nous devons y croire.

Tu n'y crois pas ?

Mais ça ne suffit pas, même si j'y crois fort à faire éclater le verre.

Il paraît que la foi déplace les montagnes.

Encore un des mensonges de Dieu.

Naiara...

Tu crois en Dieu ?

Je ne sais vraiment pas, dit-il.

Il ne sait toujours pas. C'est une des choses qu'il ne saura jamais. Une seule vie n'y suffit pas.

Il ouvre la porte d'entrée et s'avance sur le perron. Le fond de l'air est plus vif que la veille. L'automne est arrivé dans la nuit.

La porte du garage glisse sans bruit dans le noir. Tout est calme alentour, tout le monde dort dans les villas le long de la rue, ou au moins se tait. Il est trois heures passées, bientôt quatre. L'heure du loup.

C'est à la fin de l'heure du loup que l'attaque a eu lieu. C'est toujours là qu'on attaque. Quand l'heure est passée, qu'on est le plus vulnérable.

La voiture est ouverte. Le portable toujours dans la boîte à gants. Il n'y a pas touché depuis qu'il a rentré la voiture dans le garage, il ne se souvient pas si c'était hier ou il y a vingt-cinq ans. La voiture, c'est le présent, le téléphone le passé, il n'est pas à sa place ici, il devrait arracher sa carte SIM et le jeter à l'eau depuis le pont de Skanstull.

Puis aller à la police. Non. Il sait qu'ils ne le laisseraient jamais contacter la police. Et il n'est plus seul. Seul, il aurait pu fuir. Prendre un nouveau nom, le troisième, pas de problème. Mais plus maintenant, avec la famille. Les filles. Rita. Il n'est même pas certain que les autorités lui donneraient une identité protégée. À sa famille, peut-être, mais pas à lui. Absolument pas, comment peut-il seulement l'imaginer ? Ils le jetteraient aux loups, à l'heure du loup ils le jetteraient.

Il tient dans sa main le portable étranger.

Il se met à vibrer. Il lui éclaire le visage.

« Allô ? »

Silence.

« Qui est-ce ? demande-t-il.

– Qu'est-ce que tu fais là-dedans ?

– Quoi ?

– Pourquoi es-tu dans le garage ?

– Comment savez-vous… Qui est-ce ? »

Mais il sait qui c'est. Ils viennent de se rencontrer. Ou alors ils apprennent tous à imiter la même voix. Avec un coach vocal, un coach vocal pour assassins.

« Qu'est-ce que tu fais dans le garage ? répète la voix.

– Alors comme ça vous me surveillez jour et nuit. Tu es planqué où ? Vous avez loué une des villas d'en face ?

– Sors de là !

– Tu as peur que je me flingue au gaz d'échappement ? »

Pas de réponse.

« Ce serait un terrible échec, hein ? Tu serais viré. Ou pire.

– Je ne pense pas que tu sois assez lâche.

– Non. Je ne suis pas lâche. »

Il raccroche, descend de voiture, sort du garage, dévale l'allée de graviers jusqu'à la rue. Plusieurs véhicules sont garés là. Il les longe, ils sont tous vides. Il tend l'oreille, rien. Il traverse, trois voitures sont stationnées de l'autre côté. Un homme est assis dans celle du milieu. Il regarde droit devant lui. Peter frappe à sa vitre. L'homme tourne le visage vers lui. Ce n'est pas un visage. C'est un masque mortuaire. Un étranger avec un masque mortuaire.

Rita prend une demi-journée de RTT et va se promener au parc avec les filles. La pluie a cessé après le petit déjeuner. Le vent a chassé une partie des nuages.

« Regarde, Maman ! crie Isa en montrant le ciel.

– Le soleil va bientôt revenir, dit Magda.

– On va encore avoir un peu de beau temps, renchérit Rita.

– Comme vous en vacances, rétorque Madga, soudain renfrognée.

– Mais ce ne sont pas des vacances, ma grande.

– Pouquoi vous y allez, alors ? »

Oui, pourquoi ? Elle n'est encore jamais partie à l'étranger sans les filles. Pourquoi commencer maintenant ? Il faut bien commencer un jour. Tout simplement. Et elle en a sans doute besoin. Elle sait que Peter en a besoin. Peut-être que les filles aussi.

« C'est juste pour quelques jours.

– C'est très longtemps, riposte Magda.

– Très longtemps ! crie Isa.

– Vous allez vous amuser chez Grand-Mère », souligne Rita.

Magda se déride. Isa encore plus.

« Des bonbons ! » s'écrie-t-elle.

Je ne veux rien entendre, se dit-elle. Rien savoir. Ça va être la semaine des quatre jeudis.

Elles sont arrivées au parc. L'aire de jeux consiste en deux balançoires, un bac à sable et une bascule qui ont l'air d'être là depuis très longtemps. Et une tour d'escalade. Magda s'y précipite et commence l'ascension. La tour fait peut-être deux mètres de haut. Elle arrive vite au sommet. Elle l'a déjà fait.

« Regarde, Maman !

– Sois prudente.

– Pfff ! »

– Je veux me balancer », dit Isa.

Elles sont seules dans l'aire de jeux. Il devrait y avoir davantage de monde. Elle n'a vu presque personne en venant. Comme si tout le parc avait été déserté. Comme s'il n'y avait qu'elles. C'est un sentiment bizarre. Elle n'a jamais ressenti ça.

Une femme arrive sur une des allées goudronnées. Avec une poussette.

La femme est là. Du pied, elle immobilise la poussette et s'assoit sur un banc. Rita ne la reconnaît pas. Elle a les cheveux bruns, la trentaine. Une jeune maman, de nos jours. Elle porte des lunettes noires. Le soleil brille à présent, à son zénith. Il fait chaud, l'été revient un instant. Il ne faut pas que j'oublie mes lunettes de soleil, songe-t-elle. Au Sud, il y en aura encore, c'est sûr.

Elle balance Isa. La fillette ne dit rien, elle semble juste profiter du mouvement en pensant à quelque chose. Peut-être faudrait-il un jour que je demande à Isa à quoi elle pense. À quoi je pensais, quand j'étais petite ? Quand on me balançait ? Est-ce que je me voyais grande, en train de balancer mon enfant ? Je crois que oui. Je crois me souvenir.

La femme a l'air de les observer derrière ses lunettes noires. Elle n'a pas bougé depuis qu'elle s'est installée. Elle n'a pas regardé dans la poussette, cajolé ou sorti le bébé. Rita, elle, n'avait pas cessé de s'activer, les premiers mois avec Magda. Impossible de se reposer un instant.

Magda appelle de la tour d'escalade. Elle n'entend pas ce qu'elle crie. Elle regarde toujours la femme.

« Maman ! Maman ! »

Enfin elle entend. Elle tourne les yeux. Magda pend de la tour dans une position bizarre.

« Magda ! »

La fillette ne répond pas.

« Magda ? Magda ! »

Elle lâche la balançoire d'Isa, traverse en courant l'aire de jeu, coupe par le bac à sable.

Mais elle n'arrive pas la première.

La femme à la poussette a déjà attrapé Madga sous les bras, la soulevant pour alléger son poids.

Rita voit le pied de Magda quitter l'angle affreux où il était plié à l'instant. Elle l'attrape doucement, passe son bras sous la cuisse.

Et la fillette se met à pleurer, à hurler. C'est un signe de bonne santé.

Elles la posent doucement par terre.

« Où est-ce que tu as mal, Magda ? »

Elle tâte le pied, la cheville, le mollet, le tibia. Il n'y a que des hématomes superficiels. Elle ôte la sandale. Elle bouge le pied dans un sens, dans l'autre. Magda sanglote. C'est aussi bon signe.

Elle entend à présent Isa crier sur sa balançoire. Elle aussi a eu peur.

« Maman arrive », la rassure Rita.

Entre-temps, Magda s'est relevée.

« Tu peux t'appuyer sur ton pied, ma grande ?

– Non.

– Essaie. Pose doucement le pied. »

Magda s'exécute. Tout se passe bien.

« Ça fait mal », se plaint-elle.

Rita lève les yeux. Isa s'est tue, elle fixe quelque chose au loin, hors du parc. Rita suit son regard. Il n'y a rien, là-bas.

Elles sont à nouveau seules, elle et ses filles.

La femme a disparu.

Il n'y a plus de poussette près du banc.

Rita scrute alentour. Personne.

Elle sent un frémissement sur sa nuque et ses épaules. Ce n'est pas le vent.

Magda fait un pas.

« Je crois que je peux marcher, dit-elle.

– Où elle est passée, celle qui t'a aidée ? demande Rita. La dame qui nous a aidées ?

– Comment ça, aidées ?

– Celle qui t'a aidée à descendre de la tour. Avant que j'arrive. La dame avec les lunettes de soleil. Où est-elle ? »

Rita entend le ton tranchant de sa voix.

Magda a l'air effrayée.

« Je me suis inquiétée, ma grande, s'adoucit Rita en prenant la fillette dans ses bras. C'est juste bizarre… J'aurais voulu la remercier.

– Je ne l'ai pas vue, dit Magda.

– Mais quand elle était là-bas, assise sur le banc, insiste Rita en montrant du doigt. Avec la poussette. Tu l'as bien vue, quand même ? »

Magda hausse les épaules, secoue un peu la tête.

« Tu ne l'as pas vue du tout ?

– Je ne me rappelle pas. »

Rita retourne à la balançoire et descend Isa. Elle gigote, elle s'est assez balancée pour aujourd'hui.

« Tu as vu la dame ? »

Mais Isa veut déjà repartir vers le bac à sable, elle se débat, se fâche.

Rita la lâche et s'approche du banc. Elle se sent confuse, groggy, comme fiévreuse. Aucune trace de la femme. C'est idiot de chercher des traces.

Qui était-ce ? Pourquoi a-t-elle disparu sans rien dire ? Quelle importance ? Les gens sont timides, ils ne veulent pas parler aux étrangers. C'est bien. Ce n'est pas toujours une bonne idée de parler aux étrangers. Mieux vaut les éviter. Par exemple ne pas voyager. Rester chez soi avec ses enfants.

Elle fait quelques pas dans l'allée, la femme est peut-être allée s'asseoir ailleurs, elle devrait la voir d'ici, le parc est petit, la poussette était grande, toute neuve, dernier cri. La femme n'avait pas l'air d'une mère.

« Je ne veux pas partir. Tu n'as qu'à y aller seul, Peter.

– De quoi tu parles ? »

Ils sont dans le jardin, au crépuscule. Il a enfilé un cardigan en laine. Elle n'a pas froid. Elle a une veste légère, une veste d'été.

« Il y a quelque chose dans tout ça que je ne comprends pas, ajoute-t-elle.

– Et quoi ?

– Si je savais, je pourrais te le dire.

– C'est vrai.

– Tu n'as pas l'air non plus dans ton assiette, Peter.

– Dans mon assiette ?

– Ah, ne recommence pas !

– Mais si, tout va bien. C'est quand même... des vacances. Des vacances express. Un peu comme des vacances.

– C'est aussi le boulot.

– Pas beaucoup, je crois. J'ai une conférence, il faut que je fasse un minimum acte de présence, puis je filerai à l'anglaise.

– Qu'est-ce que tu vas faire, au juste ? De quoi tu vas parler ?

– Euh... Je ne sais pas exactement.

– C'est toujours comme ça ?

– Non.

– Je reste à la maison.

– Tu ne peux pas, Rita.

– Qui décide ? »

Il ne répond pas.

« Qui décide si j'y vais ou non, Peter ?

– J'ai besoin de toi, dit-il. Je ne me sens pas très en forme. Je ne veux pas y aller seul.

– Renonce, alors. Demande-leur d'envoyer quelqu'un d'autre.

– Déjà essayé. Impossible. »

4

L'aéroport d'Arlanda est plein à craquer, comme si toute la population avait décidé de quitter le pays. Ce ne sont pas les vacances. Et pourtant les gens voyagent. Ils sont peut-être tous chômeurs. Les temps sont durs. Son bureau a dû virer du monde, car le marché ne permet plus de faire tourner la boutique.

Quelques enfants cavalent autour de la longue file du check-in automatique. Ces machines étaient pourtant censées faire disparaître les queues, non ? songe-t-il en piétinant, les bras d'Isa autour du cou.

La mère de Rita en revient.

« Ça peut bien prendre encore une demi-heure, annonce-t-elle.

– Allez vous asseoir un moment, propose-t-il, je fais la queue. »

Rita acquiesce, il lui passe Isa. La fillette s'est endormie. Il aimerait bien dormir lui aussi. Se réveiller de l'autre côté de ce qui l'attend à présent. Et que tout soit alors à nouveau comme avant.

Que rien de ce mal ne revienne. Ces dernières années, il a fait un rêve où ce mal revient sans cesse. Chaque fois qu'il croit s'en être éloigné ce mal vient cogner à la porte qu'il a refermée derrière lui. Ça cogne toujours à la porte.

La file n'avance pas. Des personnes âgées, là-bas, tentent de s'enregistrer avec la machine. Ça ne peut que foirer. C'est couru d'avance, n'importe qui l'aurait vu. Le personnel se limite à deux hôtesses, c'est trop peu. Trois guichets, comme avant, auraient suffi. Ils seraient déjà enregistrés à l'heure qu'il est. Il aurait pu s'envoyer une bière. Même deux.

Il sent la sueur perler à la racine de ses cheveux.

Il est en route. Ils sont en route.

L'avion ne décollerait pas sans lui, même avec des heures de retard. Ils veilleraient à ce qu'il parte.

Comment aurait-il pu faire autrement ? Ces dernières semaines, à la maison, qu'aurait-il pu faire ?

Fuir. Il aurait pu fuir. Seul. Ils n'auraient pas fait de mal à sa famille. Pas tant que lui serait encore vivant. Cela signifie qu'il ne peut pas se suicider. Il ne pourra jamais se suicider.

Combien vaut la vie ? avait-il demandé.

Elle vaut tout, avait répondu Aitor.

Toutes les vies se valent-elles ?

Qu'est-ce que c'est que cette question ?

C'est important, non ? Ce n'est pas la question la plus importante ?

65

Putain, ce que tu peux être grandiloquent quand tu causes comme ça.

Peut-être, mais il faut appeler un chat un chat. C'est quand même de vie ou de mort que tu t'occupes.

Non. J'essaie d'éviter. Mon business, c'est entre les deux. On prend une autre bière ? avait proposé Aitor en se levant de la terrasse du Mediterráneos.

La mer était éblouissante.

Ça bouge, alléluia ! Un autre couple de retraités vient d'obtenir son reçu. Ils vont maintenant tout doucement faire la queue pour déposer leurs bagages. Une autre queue. C'est la grande innovation. Au lieu d'une, ils en ont créé deux.

La plupart des gens autour de lui ont un billet électronique. L'agence de voyages semble avoir fait exprès de lui envoyer le modèle à l'ancienne. Il n'a pas posé la question. Ça n'avait pas d'importance. Il y en avait d'autres à poser.

Il regarde alentour. Il y a beaucoup de gens autour de lui. Ce n'est pas une vraie queue, ordonnée et égalitaire, comme on sait si bien les faire dans ce pays. Les queues deviennent informes. Chacun a sa file. Son île. Moi, moi, moi. Lui aussi avait eu cette maladie, mais ça lui était passé.

Il remarque un homme dix mètres derrière lui. Sa tête lui semble familière. Il tient la poignée d'une valise à roulettes. Cheveux sombres, lunettes noires. D'autres gens en portent. Ce n'est plus bizarre aujourd'hui de porter des lunettes de soleil à l'intérieur. Peter voit son profil quand il se tourne vers la gauche, puis vers la droite, comme s'il écoutait quelque chose. On dirait un animal.

Je l'ai déjà vu quelque part.

Quelqu'un qui est passé dans sa rue, chez lui. Dans une voiture.

Un profil, lunettes noires. Un profil avec exactement ces cheveux.

C'était lui.

C'était eux.

C'est maintenant.

Il entend une voix, il entend son nom.

Rita est venue le relayer.

« Ça a l'air de prendre plus de temps qu'on ne pensait », dit-elle.

Il hoche la tête et s'éloigne.

« Magda veut une histoire », ajoute-t-elle.

Il hoche à nouveau la tête. Une histoire, oui. Il va falloir trouver quelque chose. Une histoire de méchante sorcière. Elle veut toujours qu'il y ait une méchante sorcière. Jamais de méchant roi, ni de méchant magicien.

Il remonte la queue de quelques pas, s'adresse à l'étranger.

« Excusez-moi. »

L'homme ne bouge pas. Il garde le visage de profil, comme un Égyptien, comme s'il était peint sur un mur.

« On se connaît ? » demande Peter.

Maintenant l'homme le regarde. Peter voit son propre reflet dans les verres de ses lunettes noires. Il n'est pas beau à voir, complètement déformé. Ça gronde dans sa tête, gronde comme une tempête en mer. Ça a commencé voilà deux semaines. Il sait exactement quand.

« On ne peut même pas être tranquille dans l'avion ? Même pas dans cette putain de queue ? »

L'homme ôte ses lunettes. Ses yeux sont ceux d'un étranger.

Peter se voit à présent dans ses pupilles. Il a l'air minuscule. Un nain.

« J'ai dû me tromper. Me tromper de personne. »

L'homme ne répond pas. Il semble voyager seul. Peter se retourne. Rita le regarde. Il lui fait un geste, rien de grave. Mon Dieu. Elle hausse les sourcils.

« Pardon, s'excuse-t-il en fendant la queue pour la rejoindre. Je me suis trompé de personne, explique-t-il à Rita.

– Tu l'as pris pour qui ?

– Je... je ne sais pas.

– Tu ne sais pas ?

– Tu es obligée de répéter tout ce que je dis ?

– Tu plaisantes, Peter ?

– Non. »

Il se retourne.

« Il a disparu.

– Peter ! »

Il ne répond pas.

« Qu'est-ce qui se passe, Peter ?

– Demande-le-lui.

– Demander ? Demander à qui ? »

Il garde le silence. Le grondement dans ses oreilles ne s'est pas calmé. C'est comme après le concert d'AC/DC. La Vieille Enclume, à Dortmund. Un bruit blanc. Un grondement perpétuel. Tout le bataclan.

« Je me suis trompé, je te dis, répète-t-il par-dessus le bruit.

– Et si tu avais eu raison, tu aurais fait quoi ?
– Je l'ai pris pour un vieil... ami.
– Ennemi, tu veux dire ? Ce n'était pas un ami. Tu n'avais pas l'air de parler à un ami. Tu avais l'air en colère.
– Oublions ça. Je devais aller voir les filles. Leur dire au revoir. Raconter des histoires. »

Le salaud est assis trois rangs devant eux dans l'avion. Peter le dévisage en allant aux toilettes. L'homme regarde droit devant lui, sans le voir. C'est juste un inconnu.

La terre est rouge sous eux, rouge et jaune et ocre, avec des îles vertes qui doivent être des terrains de golf. La ville est comme un rocher hérissé poli par le vent pendant des millions d'années. L'avion fait un large virage au-dessus de la mer avant d'atterrir. La mer brille comme du métal. Un grondement métallique dans ses oreilles. Il pense au goût du métal.

Il ne savait pas vraiment comment il avait échoué sur la côte, la première fois. Passablement bourré, il était monté dans un train à Madrid, en était descendu à Séville, pour prendre quelques jours plus tard un bus vers l'est, puis le sud.
C'est en arrivant qu'il avait compris : la mer, la mer était un aimant. Une fois là, il n'avait plus voulu repartir. La mer était trop vaste pour qu'on la quitte.

Il chercha du travail. Il n'avait plus d'argent. Il ne pouvait plus rentrer. Ç'aurait été se trahir, trahir la mer. Rien ne l'attendait chez lui.

Il se retrouva derrière un bar quelques après-midi par semaine. Une échoppe calle Trinidad, pas loin de l'église. Il allait parfois à l'église. Il s'y trouvait bien. Elle était belle à l'intérieur. John venait avec lui. Il avait demandé du travail à John la première fois qu'il était passé devant l'échoppe.

Après l'église, ils regagnaient le bar en se demandant où déplacer l'activité. John utilisait ce mot, l'activité. Il faut nous agrandir pour survivre, disait-il. Ça, ce n'est rien. Et je n'ai pas les moyens de te garder en te donnant de l'argent. Il ne disait pas salaire, mais *argent*, ça faisait drôle, comme s'il s'agissait d'argent de poche.

Au bout du troisième dimanche de suite à l'église, il reconnaissait les trois hommes toujours assis ensemble au troisième rang en partant du fond, il les avait repérés parce qu'ils restaient toujours là quand les autres avaient quitté l'église. Ils n'étaient pas plus âgés que lui. Ils portaient des vêtements élégants, pas comme lui. Le troisième dimanche, ils sourirent tous les trois sur son passage.

Dehors, il s'attarda à l'ombre du clocher, il ne savait pas bien pourquoi. John était parti, voir Ancha, un truc à vérifier, avait-il dit avec un air de mystère.

Les trois hommes sortirent, clignèrent des yeux dans la lumière vive et enfilèrent tous les trois leurs lunettes noires. Les Rois mages, songea-t-il.

Ils le regardèrent, sourirent à nouveau avant de traverser la plaza de la Iglesia.

Celui qui paraissait le plus âgé lui tendit la main :

Aitor. Aitor Usetxe.

Cette première fois, il ne comprit pas le nom complet. Les deux autres se présentèrent : Iker Aurtenetxe et Freddy Goikoetxea. Freddy ? Aime tout ce qui est anglais, *that's why*. Pas par hasard que l'Athletic Bilbao s'appelle Athletic et pas Atlético, comme ces trous du cul de l'Atlético Madrid !

Freddy parlait bien l'anglais. Tous le parlaient bien. Son espagnol était mauvais. Et il ne connaissait pas un mot de la langue sacrée, la plus ancienne de la terre, à en croire Aitor. Il connaissait juste leurs noms, des noms sacrément bizarres quand on n'était pas au courant. Qu'est-ce qu'ils voulaient dire ?

Pense à une maison, lui avait dit Aitor quelques soirs plus tard. Ils étaient assis dans un bar. John ne lui avait pas encore raconté son secret, mais c'était une question de jours. Usetxe veut dire maison des oiseaux, avait expliqué Aitor. Goikoetxea veut dire maison en haut. Ibarretxe veut dire maison dans la vallée.

Ibarretxe ?

Tu vas faire sa connaissance. Naiara. Une femme extraordinaire.

Ça promet.

Et tu n'as pas encore rencontré mon frère.

Ça promet aussi.

Le taxi roule sur l'E15 vers l'ouest. Toute la végétation a brûlé le long de l'autoroute, mais ça repousse. Ce n'est pas naturel, aussi peu que les constructions le long de l'autoroute, ou que l'autoroute elle-même. À l'époque, il y a vingt ans, il y avait une petite route, très dangereuse mais étroite. Juste des villages de pêcheurs et quelques rares hôtels. Il y avait la verdure des montagnes jusqu'à la mer. Aujourd'hui, il ne voit pas la mer depuis la voiture. Ils sont à cent mètres de la mer, mais il ne la voit pas.

« C'est donc à ça que ça ressemble », dit-elle.

Il ne répond pas.

« Ils ont tout entassé sur une très petite surface.

— Oui.

— Espérons que ce sera différent, là où on va.

— Sûrement.

— Pourquoi n'y sommes-nous jamais allés ? demande-t-elle.

— Il y a d'autres endroits sur la terre à visiter.

— C'est toi, tu n'as jamais voulu y aller. Je l'ai proposé plusieurs fois.

— Je n'y avais jamais pensé.

— Moi, si, dit-elle.

— À quoi est-ce que tu as pensé ?

— Que tu avais une raison de ne pas vouloir venir ici.

— Mais enfin, nous y sommes, là. »

Ils passent une zone de maisons à l'abandon. Quelque chose a fait partir tous les habitants, sans doute le soleil, la chaleur. Ou les prix des terrains. Les prix des terrains et la chaleur. Cette chaleur qu'il avait ressentie en quittant l'air conditionné

de l'aéroport. C'était comme entrer dans un four
– pas un sauna. Il n'y avait pas d'humidité dans
l'air, comme sous les tropiques.

Il voit quelques chiens efflanqués fouiner dans
un tas d'ordures. Des chiens fous au soleil de midi.
Il regarde sa montre. Midi. Il songe aux terres en
friche qu'il porte en lui. Comme un pays abandonné. Un sol empoisonné. Le chauffeur de taxi
écoute du flamenco, une voix nue dont la solitude
semble déborder des haut-parleurs crevés. Pas
de guitares. Une chanson sur le soleil. Le soleil
ennemi. Il voit à présent la mer, comme un poing
brandi contre la ville. La ville qui ressemble à des
tas de cendre au soleil. Une baie de fer, une mer
d'acier, un soleil de feu, une ville de cendre. Tout
est en place.

La rue principale n'a pas changé, les maisons
étaient déjà là à l'époque. La vieille ville n'a pas
bougé, il s'en étonne presque. Comme si elle avait
été là pour lui toutes ces années, l'avait attendu,
pour qu'il se reconnaisse quand il reviendrait.
Qu'il retrouve son chemin.

Le taxi s'arrête devant l'hôtel. Des palmiers
entourent le rond-point devant l'entrée. Des bougainvilliers couvrent la façade. Un homme en uniforme garde le bâtiment, à côté d'un palmier. Deux
porteurs se précipitent vers le taxi, comme des
marines vers un hélicoptère.

C'est le pays des vacances.

Ils fendent la chaleur jusqu'à l'entrée, gagnent
la réception. L'air conditionné est comme une serviette froide sur le visage. Il fait trop froid à l'in-

térieur. Il sait qu'ils s'habitueront bientôt. Il sait qu'on s'habitue à tout. À presque tout.

Rita entreprend de remplir les formulaires que lui a donnés la réceptionniste. Il laisse son passeport. On exige toujours le passeport, alors qu'il n'y a plus de frontières en Europe. C'est pour cette liberté qu'on s'est battus, pense-t-il. Rita fait une pause et s'essuie le front. La réceptionniste dit quelque chose en espagnol, qu'il comprend. Il a failli se démasquer. Il a dit à Rita qu'il avait quelques bases d'espagnol, qu'il en avait fait deux ans au lycée et était parti une semaine en Espagne en voyage de classe. C'est tout, il n'y est plus jamais retourné. C'est ce qu'il lui a dit.

« La chambre est prête ? interroge-t-il en anglais.

– Dans quelques minutes.

– Les bagages sont là-haut ?

– Naturellement.

– Il y a des toilettes, ici ? demande Rita à la réceptionniste en s'essuyant à nouveau le front.

– Tu vas bien ? demande-t-il.

– Oui, là-bas, près des ascenseurs, dit la réceptionniste.

Elle est mince, il n'a pas vu depuis longtemps de rouge à lèvres aussi clair. Ses sourcils épilés se réduisent à deux traits fins. Ses yeux n'expriment aucune émotion, son sourire figé n'arrive jamais jusqu'à eux.

Rita traverse la réception jusqu'aux *Ladies' Room*, comme l'annonce le panneau. Il aperçoit la porte, elle est verte. Il n'y en a pas d'autre. Les *Men's Room* doivent être de l'autre côté. Il se tourne dans cette direction. Il n'en a pas besoin. Il se tourne quand même.

Son portable vibre dans la poche de sa veste. Il a les mains moites en lisant le SMS en espagnol :

BIENVENUE AU PAYS

Alors qu'il se dirige vers l'ascenseur, la réceptionniste pousse un cri. Il se retourne. Elle a la main devant la bouche. Elle regarde un écran de télévision accroché à un mur du hall. Il revient sur ses pas pour voir ce qui s'est passé. Rita le suit.

L'écran montre un minibus en flammes, des gens derrière dans une rue grise. Presque tout est gris sur l'image, comme si tout se passait sous la pluie, mais le feu est jaune vif. Bientôt, l'incendie envahit toute l'image. On dirait que les flammes vont jaillir de l'écran et se propager dans l'hôtel.

« Jésus Christ ! » lâche la réceptionniste.

Des gens s'attroupent devant la télévision.

« Une bombe, dit quelqu'un.

– C'est peut-être une explosion naturelle, suggère un autre.

– Chut ! crie un autre. Je n'entends pas. »

Il écoute le reporter. Une voiture a explosé dans une rue de Séville. Ce n'est pas si loin.

Ils s'installent à une petite table au bord de la piscine. C'est l'*happy hour*. Elle va durer plusieurs heures, pense-t-il. Il faudrait plutôt dire *happy hours*, au pluriel. Pourquoi ils n'ont pas mis ça ? Heures heureuses ? Une heure heureuse, c'est trop court, personne n'a le temps d'être heureux en seulement une heure.

La plupart des tables sont déjà occupées. Il reconnaît quelques autres passagers de l'avion. Il en a salué certains de la tête. Rita l'a imité.

Il fait encore jour. La nuit tombera dans environ une heure heureuse et demie. Elle tombera d'un coup.

« Là, au moins, on voit la mer, constate Rita en plissant des yeux vers l'autre côté de la promenade.

– Oui, ici, on voit bien.

– Il n'y a pas grand-monde.

– Ils sont là, dit-il, au bar. Ils sont tous là. »

Un serveur s'approche de leur table. Rita commande un verre de vin blanc et un demi. Elle n'a pas besoin de demander à Peter ce qu'il veut.

« Qu'est-ce qui fume sur la plage ? demande-t-elle.

– Où ça ?

– Il y a plusieurs endroits. Par exemple là-bas, près du bateau retourné. »

Elle lui montre de la tête, à contre-jour. On dirait qu'elle a déjà pris un coup de soleil. Sa peau a un éclat particulier. C'est la lumière d'ici. Son visage à lui a peut-être le même.

« Des sardines, dit-il. Ils grillent des sardines.

– Ah ? On pourra peut-être descendre voir ça, après ?

– On pourra même en manger, suggère-t-il.

– Comment tu savais ?

– Quoi ?

– Que c'était des sardines qu'on grillait ?

– J'ai deviné. Il y a beaucoup de sardines en mer par ici. J'ai lu ça dans le guide. »

Le mot *Séville* est sur toutes les lèvres.

« C'est sûrement des terroristes, dit-elle. Sûrement des terroristes basques.

– Comment le sais-tu ?

– Ça avait l'air d'être ça. Ils avaient l'air de parler de terroristes basques.

– Des séparatistes, rectifie-t-il. Mais dans ce pays, dès qu'il se passe quelque chose, on le met sur le dos des Basques.

– Ce sont eux les poseurs de bombes, d'habitude, non ?

– Pas toujours.

– C'est différent, cette fois ? »

Il ne répond pas.

« J'ai juste entendu le mot *terroristes*, dit-elle.

– On les appelle toujours comme ça, rétorque-t-il.

– Et comment il faudrait dire ? Séparatistes ?

– Rien.

– Comment ça, rien ? »

Il regarde sa montre.

« Je crois qu'il faut que j'aille m'inscrire.

– Tu veux que je t'accompagne ?

– À ton avis, ça va t'amuser ? Sur une échelle de un à dix, combien ?

– Un.

– Tu vois, dit-il en finissant sa bière.

– Tu en as pour longtemps ?

– Pas longtemps.

– Je vais monter. Le voyage m'a un peu fatiguée. Et je vais appeler les filles. »

Il hoche la tête.

« On dîne à l'hôtel, ce soir ? demande-t-elle. Ou on cherche un autre endroit ?

– On verra à mon retour, d'accord ?

77

– Tu es fatigué, Peter ?

– Non.

– Essaie de trouver quelque part du lait pour le café. Et de l'eau minérale. Et des petits gâteaux, ou quelque chose comme ça. »

Il est sur le trottoir devant l'hôtel. Le soleil allonge les ombres sur les maisons, les ruelles, l'*Avenida*. Elle n'a pas changé. L'*Avenida*, il ne se souvient pas de son nom, ils l'appelaient toujours juste l'*Avenida* quand ils s'y promenaient, jadis.

C'est calme. Quelques touristes rentrent de la plage. Ils passent avec le regard vide de ceux qui sont restés trop longtemps au soleil, sur le sable. Dans l'eau. Un long regard vide.

Une limousine est garée à cinquante mètres de là. Il l'entend démarrer, il la voit glisser vers lui. C'est maintenant.

5

C'était à ce moment-là. Il avait crié quelque chose, on lui avait répondu par un cri. Ou deux cris ?

Le jour était arrivé à la vitesse de la lumière. La lumière avait fondu de la montagne blanche. Tout était devenu blanc. Des milliers de cris.

Stop !

Pas un geste !

Haut les mains !

Je vais tirer !

Et ils avaient tiré.

Il était alors hors de portée.

Quelqu'un lui avait indiqué vers où courir.

Un geste discret de la main. Ou de la tête ? Il avait vu le signal.

C'était les forces des gentils.

Il avait fini par atterrir là où il avait toujours eu sa place. Chez les gentils.

Les gentils l'avaient sauvé.

Les gentils l'avaient aidé à trouver ensuite un chemin dans la vie.

Les gentils l'avaient guidé.

Il savait qu'il était quelqu'un de bien.

Il se le disait chaque matin en voyant son visage dans la glace.

Tu es quelqu'un de bien, quelqu'un de bien, quelqu'un de bien.

Il voyait son visage dans la fenêtre noire de la limousine. C'était tout. Il ne voyait rien d'autre.

Ils ont quitté l'*Avenida*, roulent vers le nord. C'est toujours la vieille ville. On laisse les maisons vivre jusqu'à ce qu'elles meurent d'elles-mêmes, les vieilles maisons vivent durant des générations, tout le monde a pitié d'elles.

L'intérieur de la voiture sent le cuir. Le cuir neuf, frais, comme tout juste arraché à une bête. On n'a pas pitié des bêtes dans ce pays, pense-t-il. Les bêtes n'ont pas d'âme, dit-on ici. Les êtres dépourvus d'âme, on peut les tuer sans rien ressentir. Les hommes sont sacrés. C'est un mensonge, voilà ce qu'il a appris.

Un homme est assis à côté de lui sur la banquette arrière de la limousine.

Il porte un costume blanc. Qui luit dans la lumière du crépuscule en train de tomber sur la vieille ville. On n'y voit plus très loin dans les ruelles. Il ne voit pas le chauffeur. Il ne voit que l'homme en costume blanc.

Il sent la sueur couler sous sa chemise, son pantalon, ses cheveux. Une chose qu'il sait, c'est que son voisin ne sue pas. Dans ce pays, les hommes qui portent des costumes coûteux ne suent pas.

L'homme tend la main.

« Bonsoir, mon ami. Bienvenu au pays », dit-il en espagnol.

Peter regarde sa main. Aussi blanche que la manche de son costume. Tout est blanc désormais, blanc comme l'aube sur la plage. Il n'y a rien de plus blanc.

L'homme retire sa main.

« Je ne comprends pas ce que vous dites, répond Peter en anglais.

– Tu parlais mieux que moi, autrefois, rétorque l'homme en anglais.

– Quelle langue ?

– L'espagnol, bien sûr ! »

Peter ne répond pas.

« La vraie langue, tu n'as jamais voulu l'apprendre.

– Et pourquoi je l'aurais fait ?

– C'est vrai..., dit l'homme en détournant son regard.

– Vous êtes combien, aujourd'hui, à la parler ?

– Toujours aussi arrogant, Berger.

– Je ne m'appelle plus Berger.

– Non, je sais. » L'homme se tourne à nouveau vers lui. « Tu te souviens comment je m'appelle, mon ami ?

– Je suis ton ami ?

– Tu te souviens de mon nom, mon ex-ami ?

– Non.

– Il commence par la lettre A.

– Je sais.

– Alors tu te souviens ?

– Je me souviens de ton nom, Aitor, oui.

– Bien. Et de quoi encore ? »

Peter ne répond pas. Ils ont quitté les vieilles baraques. Les maisons sont plus neuves, sans âme, il voit le viaduc de la nouvelle autoroute. Là, il n'y a plus d'âme du tout. Il voit les montagnes. C'est là que ça va se finir. On peut voir les montagnes de la plage et la plage des montagnes. Je veux revoir la plage une dernière fois. Je veux serrer une dernière fois Rita contre moi, et Magda et Isa, les serrer une dernière fois.

« À quoi tu penses, Berger ?

– Que je veux serrer mes enfants une dernière fois contre moi avant de mourir.

– Tu vas mourir ? Tu es malade ?

– Pourquoi je suis ici ?

– Alors tu te souviens, malgré tout ?

– De quoi veux-tu que je me souvienne ?

– De ce que tu as fait. C'est tout.

– Je n'ai rien fait.

– C'est vrai. Tu n'as rien fait.

– Je n'ai abattu personne, Aitor. Je ne savais rien.

– Tu n'as rien fait. Tu ne savais rien.

– Mais de quoi s'agit-il à la fin, Aitor ? Qu'est-ce que je fais ici ? Avec ma femme. Pourquoi nous avez-vous forcés à venir ?

– Personne ne vous a forcés.

– Ah oui ?

– Ce sont tes propres actes qui t'ont forcé à revenir, Berger.

– Tu te trompes. Et Rita n'a rien à voir avec tout ça. »

Aitor ne répond pas. Il semble contempler les montagnes. Peter remarque alors que la voiture s'est arrêtée. Aitor lève la main. Ils repartent, la voiture s'engage sur un rond-point, prend vers l'ouest.

« Qu'est-ce que je fais ici, Aitor ? »

L'homme en costume blanc se tourne vers lui.

« Tu le sauras dans quinze minutes. Maintenant, s'il te plaît, tu peux te taire en attendant ? »

Rita raccroche. Les filles avaient à peine eu le temps de lui parler. Grand-Mère avait fait un programme pour toute la soirée, et il avait à peine commencé. Magda savait que ce serait une aventure, Isa aussi. Ce serait une soirée passionnante, jusqu'à ce qu'elles tombent de sommeil.

Elle est dans le séjour de leur suite. Flambant neuf. Ils doivent être dans l'un des meilleurs hôtels du bord de mer. Ils ont eu de la chance.

La porte de la terrasse est ouverte. La brise gonfle le rideau. Un rayon de soleil traverse la baie vitrée et se prolonge dans la pièce. On dirait un ruban d'or.

On sonne deux fois à la porte. Peter est donc déjà de retour ?

Elle va dans l'entrée, pose la main sur la poignée de la porte. Elle entend tousser de l'autre côté. Un inconnu.

« Oui ? dit-elle en anglais.

– *Room service*, entend-elle un homme répondre à travers la porte.

– Mais... je n'ai rien demandé.

– *Is compliment from management, señora.* »

Un cadeau de l'hôtel. Elle se retourne vers l'intérieur de l'appartement. N'y avait-il pas une corbeille de fruits sur la table ? Avec une carte ? Maintenant, elle ne s'en souvient plus très bien.

Tout ce qu'elle voit, c'est le ruban d'or du soleil, qui finit dans l'entrée.

Elle entrouvre la porte avec une sensation étrange. Comme si elle était en danger. Comme si elle était dans un endroit inconnu.

Elle voit un homme en veste blanche avec, sur un plateau, une bouteille et deux flûtes. Elle reconnaît la veste, tous les employés de l'hôtel en portent une. L'homme sourit. Elle ne le reconnaît pas.

« *A bottle of cava from management, señora.* »

Elle ouvre complètement la porte et l'homme passe devant elle pour poser le plateau sur une table dans le séjour.

Il se tourne vers elle. Elle l'a suivi dans la pièce.

Il hoche la tête en souriant. Elle essaie de sourire elle aussi.

L'homme regarde autour de lui, comme s'il entrait là pour la première fois. Peut-être un nouvel employé, pense-t-elle.

Il repasse devant elle et sort.

« Bonsoir, señora.

– Bonsoir. »

Dans son sac à main en bandoulière, elle prend son portefeuille, sort un billet qu'elle donne à l'homme. Il l'empoche sans le regarder. Il s'incline.

La limousine dépose Peter au milieu de l'*Avenida*. Il en descend sans un mot. Il regarde la limousine s'éloigner telle une baleine noire dans la circulation. En regardant sa montre, il comprend qu'il a passé une bonne heure dans le ventre de la baleine. Si ce n'est deux.

Un couple d'un certain âge traverse après le passage de la voiture. Dans la lumière des réverbères, ils semblent s'avancer sur une scène. Ils sont pâles et rouges, des touristes arrivés depuis peu. Comme lui. Ils ont l'air nordiques, ce qui n'est pas une surprise. Il n'y a pas d'autres touristes, par ici.

Le couple est arrivé en sécurité sur le trottoir d'en face. Ils portent tous les deux un bermuda multicolore et un T-shirt blanc. Ils sont gros tous les deux. Peter les déteste autant qu'il se déteste.

Sa main tremble.

Les touristes déplient une carte. Ils lèvent la tête, regardent dans sa direction. Comme s'il était chez lui ici, comme si c'était sa ville.

Il fuit dans un bar. Il reconnaît tout, à présent. Mais pas ce bar.

L'alcool qu'il commande ne suffit pas. Il en demande un autre, et encore un autre. Les verres sont petits. Ils aident sa main, son corps, à cesser de trembler.

Il s'en va, traverse la foule du bar. Il y a beaucoup de gens, comme si c'était la fin du monde.

Dehors, pareil. Tout le monde est dehors. Toute la ville est dehors. Tous ceux qui arrivent des pays nordiques sont dehors. Ils rient, comme si la vie n'était qu'un grand éclat de rire, de grandes vacances, du début à la fin de la semaine.

Il tient son mobile. Il ne comprend pas pourquoi il n'a pas appelé à peine sorti de la baleine, il le fait maintenant, ses doigts tremblent à nouveau. Il compose le numéro, il a besoin d'alcool, il a besoin de temps.

« Peter, salut ! »

Il entend son nom, entend sa voix. Il a dû appeler, elle a dû lire son nom à l'écran.

« C'est... moi. Comment ça va ?
– J'entends que c'est toi.
– Comment... ça va ?
– Tu as l'air bizarre.
– Non, non.
– Tu es où ?
– Au centre. Je rentre dans dix minutes.
– D'accord. »
Il l'entend bâiller.
« Je me suis assoupie, dit-elle.
– À tout de suite, répond-il.
– Peut-être que je n'aurai pas le courage de sortir ce soir. On pourrait dîner à l'hôtel.
– Oui.
– Tu es parti... presque deux heures. Ça a l'air intéressant ?
– Quoi ?
– Mais la conférence, bien sûr.
– Je ne sais pas. C'est léger.
– Léger ?
– Il n'y a presque aucun séminaire.
– Alors c'est une vraie semaine de vacances qu'ils t'ont offerte.
– On dirait bien. Il faudra juste que je fasse un peu acte de présence.
– N'oublie pas que tu as promis d'appeler les filles.
– Je le fais tout de suite. Salut. »
Il raccroche et compose un autre numéro tout en se dirigeant vers une rue traversière plus étroite, de l'autre côté d'un parc. Ça sonne longtemps, sans réponse. Il lève les yeux de l'écran. Il est seul dans la rue, comme si tout le monde avait évacué la ville. Il n'entend pas un bruit, rien

que le grondement dans son crâne qui monte et ne diminue jamais. Ça ne peut pas être la mer, ça ne fait pas ce bruit-là à cette distance. Il part vers la gauche, c'est le chemin le plus court, il passe devant un hôtel qui existait déjà au bon vieux temps. Au bout de cinquante mètres, il a rejoint la promenade, il entend la mer, les gens sont revenus, il descend vers la plage, ôte ses chaussures, marche dans le sable.

Il est à présent à la lisière de l'eau, il regarde la mer rouler vers lui en longues vagues qui luisent dans la lumière électrique de la ville.

En entrant dans le hall de l'hôtel, il trouve le réceptionniste tourné vers l'écran de télévision mural. D'autres personnes sont aussi en train de regarder.

Peter voit des flammes, quelque chose qui ressemble à une plage, et une maison au-delà du feu. Le tout a un air familier, pas seulement les flammes. Il s'approche. Il reconnaît ce bâtiment. Il y est entré. Autrefois, à l'époque du mal, cette époque de bonheur incompréhensible.

Le réceptionniste se tourne vers les clients avec un geste d'impuissance.

« *Qué pasa ?* demande Peter.

– *En Estepona. Esta tarde ! Estepona !* »

L'homme secoue la tête. Il a l'air furieux. Il a l'air effrayé. Il a une expression de terreur sur le visage. Peter la reconnaît. La terreur est la punition pour quelque chose qu'on n'a pas fait.

Il regagne sa chambre, frappe à la porte et dit son nom.

Rita ouvre. Elle a l'air reposée. Elle a l'air contente.

« Tu as acheté le lait ?

– Zut, j'ai oublié.

– Ça ne fait rien. L'hôtel nous offre une bouteille de champagne espagnol. Le champagne, c'est meilleur que le café.

– J'ai appelé chez Gun, mais personne n'a répondu.

– Elles ont dû aller se promener. Je leur ai parlé tout à l'heure.

– Tout à l'heure, ce n'est pas maintenant. »

Debout dans l'entrée, il compose le numéro sur son mobile. Laisse sonner, range son téléphone, lève les yeux.

« Et merde !

– Qu'est-ce qu'il y a, Peter ? Tu as l'air perturbé, c'est le moins qu'on puisse dire.

– Qu'est-ce qu'elles fichent dehors, à cette heure-ci ?

– Il est à peine plus de sept heures. Maman aime bien faire un tour dans le quartier à cette heure-ci... D'ailleurs elle m'a dit qu'il faisait beau. »

Il ne dit rien.

« Et elles vont peut-être plutôt s'installer chez nous. Ce sera plus confortable pour les filles.

– Pourquoi ne peut-elle pas s'acheter un portable, comme tout le monde ? Merde, elle n'a même pas de répondeur !

– Qu'est-ce que tu as, Peter ? Tu es ivre ?

– Non, pas encore.

– Qu'est-ce qui s'est passé ?

– Il ne s'est rien passé. »

Mais il s'est passé quelque chose.

« Je vais prendre une douche », dit-il en s'éloignant.

Il pense à ce qui s'est passé ce soir. À ce qui s'est dit dans la limousine d'Aitor. Aitor Usetxe, autrefois un jeune homme, comme lui à l'époque. Jeune, dans la maison sur la plage d'Estepona.

La limousine, voilà une heure à peine, c'est comme si c'était il y a un an. Vingt ans.

Au rond-point, ils prirent vers l'ouest, le paysage a changé, moins de maisons, mais des immeubles plus grands, de plus en plus grands et clairsemés, une ville nouvelle poussée là pendant toutes ses années d'absence. Banques, bâtiments officiels, entourés de grilles. La limousine roulait sur un boulevard bordé de palmiers, un parc de part et d'autre, des pelouses vertes. On apercevait la mer entre deux constructions, comme un tableau. Le soleil se couchait, plus gros, rouge, et sa couleur déteignait sur tout.

Ils s'arrêtèrent sur le boulevard, sous un arbre dont Peter ne se souvenait pas du nom.

Aitor montra de la tête un bâtiment de l'autre côté, l'air neuf, grand et neuf. C'était à cinquante mètres. Plusieurs voitures étaient garées devant et dans la cour, des limousines, l'une d'entre elles semblait blindée. Ça ressemblait à une banque.

La façade de verre était rouge et noire dans la lumière du crépuscule.

Aitor ne dit rien.

Rien ne bougeait de l'autre côté du boulevard. Peter aperçut deux hommes à la grille, immobiles. Il vit leurs armes.

« Tu vois ce bâtiment ? » dit Aitor.

Peter sursauta au ton de sa voix.

« Tu le vois ? répéta Aitor.

– Je ne suis pas aveugle. Ébloui par le soleil, peut-être, mais pas aveugle.

– Dans quelques minutes, un homme va sortir de ce bâtiment. »

Peter ne répondit rien.

« Tu m'entends ?

– Je ne suis pas sourd. Qui va sortir ? »

Aitor glissa sa main dans la poche intérieure de sa veste et en sortit une photographie. Il la mit sous les yeux de Peter. Il faisait encore assez jour pour qu'il puisse voir.

« Il ne sera pas seul, poursuit Aitor. D'habitude, il a un petit groupe autour de lui. »

La photo représentait un homme aux cheveux noirs, de l'âge d'Aitor et Peter. L'homme souriait, il avait l'air de saluer de la main. Il semblait faire un discours, ou quelque chose de ce genre, derrière un pupitre, sur une estrade, on voyait quelques têtes de dos en bas de l'image.

« Une photo récente, précisa Aitor, prise ici, en ville.

– Qui est-ce ?

– Tu ne te rappelles pas ce visage ?

– Non. Pourquoi, je devrais ? Qui c'est ?

– Alors regarde par là », dit Aitor en indiquant de la tête le bâtiment.

Plusieurs hommes en sortirent.

En queue, deux hommes marchaient côte à côte. L'un portait un costume sombre, l'autre un gris clair. Il rappelait celui d'Aitor, comme si celui-ci avait foncé au crépuscule.

Aitor tendit une paire de jumelles à Peter.

Peter l'approcha de ses yeux.

« Le costume gris. L'autre est son premier garde du corps. *Bodyguard número uno.* »

Aitor sourit vaguement.

« Les autres attendent près de la voiture », continua-t-il.

Peter observa l'homme dans les jumelles. L'homme en costume gris dit quelque chose à un autre, qui sourit. À présent, plusieurs d'entre eux étaient en train de rire. L'image devint floue quand il déplaça sa visée quinze mètres plus loin, sur le boulevard, où trois hommes en costume sombre attendaient près d'une limousine. Il revint à l'homme en gris.

« Qui est-ce ?

– Tu ne le reconnais pas ? »

Peter ne répondit pas. Il ne répondit pas car il savait qui était celui qu'il observait sur cette image grenue, comme s'il remontait dans le temps, examinait un visage du passé. Il reconnaissait ce visage. Il n'avait pas beaucoup changé.

Peter savait qu'Aitor savait qu'il savait.

« Eh oui, dit Aitor, comme si Peter avait répondu à la question, c'est notre bon vieux Jesús Maria. »

Peter regarda l'homme et sa suite sur le trottoir. Plusieurs voitures s'étaient avancées, et deux grosses Lexus arrivaient de la cour qui entourait le bâtiment. On aurait dit deux blindés noirs.

« On ne dirait pas qu'on lui a donné ce prénom pour le protéger. Jesús Maria. »

Peter baissa ses jumelles.

« Qu'est-ce que tu veux dire ?

« La Madone, et son fils. Mais regarde-le, regarde le fils ! Il s'entoure d'une vraie armée. »

Le visage d'Aitor s'était assombri, comme si le crépuscule s'était emparé de son corps. Ses yeux avaient changé. Il avait l'air de porter une grande douleur. Comme si le soleil s'était aussi couché en lui.

« Mais ça ne suffira pas, dit Aitor. Rien ne pourra protéger Jesús Maria Montañas. » Il sourit encore, mais son sourire était très loin de ses yeux. « Tu te souviens, les blagues qu'on faisait, là-dessus ? Que vous aviez presque le même nom. Berger, et Montañas. Dommage que tu en aies changé. Mattéus, c'est beaucoup moins drôle. » Il sourit à nouveau. « Mais ça va quand même, c'est intéressant. On reste dans la Bible. C'est intéressant. »

Peter vit la limousine s'écarter doucement du trottoir.

« Bientôt, plus rien ne protégera Jesús, ajouta Aitor.

– Qu'est-ce que tu veux dire ? Le protégera de quoi ?

– De toi, Peter. »

Avant que Peter n'ait eu le temps de répondre, l'autre voiture passa. Peter aperçut le profil de Jesús sur la banquette arrière, un dixième de seconde. Le profil fut soudain illuminé par le soleil couchant, un soleil furieux aux couleurs d'incendie. Le profil se transforma en silhouette nette, parfaite.

« De... de moi ?

– Oui. Tu te demandais pourquoi tu étais là. La réponse vient juste de passer devant nous. » Il désigna de la tête la voiture qui s'éloignait. « C'est l'homme que tu vas assassiner. »

Le chauffeur de la limousine avait mis un flamenco endiablé en s'arrachant au bord du trottoir. Le volume était si fort qu'il était impossible de parler. Aitor regardait droit devant lui, comme s'il allait faire quelque chose qu'il regretterait, quelque chose de violent.

Ils retournaient vers le centre. Les palmiers, les pelouses, les parcs, les immeubles avaient noirci dans la lumière crépusculaire. Il ne restait qu'une bande de feu à l'horizon, au-dessus de l'Afrique. Ce n'était pas loin. Des gens avaient tenté la traversée à la nage.

Ils s'engagèrent sur l'extrémité est de la promenade. Les plages étaient désertes, à présent. Plus personne ne nageait.

Le chauffeur baissa le volume de sa musique.

« Je vais te mettre au parfum de la politique locale, reprit Aitor. Notre Jesús se présente aux municipales dans notre bonne ville. Le scrutin a lieu dans deux semaines. Tout le monde s'attend à ce qu'il gagne. »

Il se tourna vers Peter.

« Tu ne dis rien ? »

Peter ne répondit pas. Il se sentait très mal, prêt à vomir d'un instant à l'autre. Et à abîmer les cuirs de la limousine neuve.

« On... on peut s'arrêter ? Stop ! »

Il sentit son estomac se retourner. Aitor comprit. Il fit signe au chauffeur. La voiture s'arrêta. La portière du côté de Peter s'ouvrit automatiquement. Il plongea tête la première et vomit sur l'asphalte. Les larmes lui piquaient les yeux. Il était aveugle.

« Je comprends, dit Aitor. Ne crois pas que je ne comprenne pas. Mais ça ne change rien. »

Une seconde, Peter songea à fuir. Se précipiter à l'hôtel, prendre Rita, fuir. Fuir !

En même temps, il savait que c'était vain.

Il se laissa retomber sur la banquette. Elle dégageait une odeur âcre, neuve, méchante, mauvaise. La nausée le reprit et retomba aussi vite. Il resta assis là, la tête appuyée contre le cuir. Il avait le visage en sueur, tout son corps était en sueur.

« Il a été chef de la police, dans notre ville », entendit-il dire Aitor, d'une voix qui semblait déferler d'un long tunnel, par vagues. Lui était au bout du tunnel et il n'y avait pas d'issue. « Jesús, chef de la police. Tu imagines ? Il a démissionné tout récemment. Pour se consacrer à la politique, bien sûr. » Ces derniers mots sonnaient comme de l'acier, comme si les vagues s'étaient transformées en acier.

« Il était là, cette fameuse nuit. Il était sur la plage. » Aitor se tourna vers Peter. « Tu comprends ?

– Quoi ? Quelle plage ?

– Tu ne te souviens pas ? Tu y étais, pourtant. Jesús était derrière tout ça. L'attaque. L'embuscade. Je sais que c'était lui.

– Comment peux-tu le savoir ?

– Tu te souviens, alors ?

– Je me souviens de la plage.

– Il a tué mon petit frère ! » cria Aitor.

Peter ne dit rien. Ils étaient assis dans le noir. Ils n'étaient plus aussi pressés. C'était le bout du tunnel. Il regarda vers l'horizon. Il avait disparu, il faisait nuit au-dessus de l'Afrique. Je suis au bout du tunnel et il n'y a plus de lumière, pensa-t-il, c'est affreux.

Aitor se pencha vers lui. Son visage s'éclaira quand le conducteur alluma une cigarette.

« Et toi, tu as disparu du tableau, mon Peter. Comment t'es-tu échappé ? Je me le suis toujours demandé.

– J'ai eu de la chance.

– De la chance ? DE LA CHANCE ?

– Ils ne m'ont pas vu. J'étais déjà remonté... sur la route. Je m'étais caché dans les dunes. Derrière les dunes.

– Il n'y a pas de dunes, là-bas.

– Des bosses, en tout cas, je ne sais pas comment tu appelles ça.

– Je ne te crois pas. Et j'ai toujours voulu te demander ce qui t'était réellement arrivé. Toutes ces années en prison. Je me disais alors qu'un jour je te demanderais.

– Voilà, c'est fait. »

Les yeux d'Aitor avaient rétréci. Peter le voyait, c'était tout ce qu'il voyait dans le noir.

« Je pourrais te tuer, dit Aitor. Tout de suite. Comme on écrase un écureuil.

– C'est à ça que tu as pensé en prison, Aitor ?

– Au début. Au début, c'est à ça que j'ai pensé.

– Mais plus maintenant.

– Non. Je suis plus calme, maintenant.

– Maintenant tu veux tuer quelqu'un d'autre. »

Aitor ne répondit pas.

« Je ne peux pas, dit Peter. Je ne peux pas faire ça pour toi.

95

– Il ne s'agit plus de moi, mon ami. Il s'agit de toi.

– Il s'agit de vengeance, souligna Peter. Il s'agit de nous deux, mais pas seulement de nous. »

Aitor sortit une boîte de cigarillos de la poche de sa veste et en alluma un sans lui en proposer. Son visage s'éclaira à la lueur de l'allumette, mais Peter n'avait pas besoin de lumière pour le voir. Peter sentit l'odeur du cigarillo. Il la reconnut et tout resurgit, comme toujours avec la mémoire olfactive. Un lieu, une heure du passé, soudain là, une bonne heure, une mauvaise heure, un bon lieu, un mauvais lieu.

« Tu me forces à venir ici sans me laisser aucun choix. Tu as des contacts en Suède qui menacent ma famille. Je dois venir ici avec ma femme. Et maintenant, vous voulez m'obliger à tuer un inconnu. C'est une mauvaise plaisanterie, ou quoi ? »

Aitor attrapa alors Peter par le col de sa chemise. Peter sentit qu'il l'étranglait. Le chauffeur se retourna. Peter vit qu'il tenait un pistolet. Aitor n'avait pas l'air de plaisanter.

« La mort de mon frère n'était pas une plaisanterie, salopard ! La mort des camarades n'était pas une plaisanterie ! Mes années en prison n'étaient pas une plaisanterie ! »

Peter essaya de se dégager en se penchant en arrière. Aitor lâcha prise. Il ôta sa main et fit signe au chauffeur. La limousine s'ébranla. Elle roula à travers une ville colorée en jaune par les lumières électriques.

Ils étaient à nouveau dans le centre.

Les gens flânaient de l'autre côté des portières. C'était comme regarder la vie à travers les barreaux d'une prison. Aitor et Peter avaient échangé leurs places. C'était la première étape.

« Comment crois-tu qu'on t'a retrouvé, Peter Mattéus ? On n'était pas censés y arriver, hein ? » Aitor sourit. Il semblait s'être calmé.

« Pourquoi as-tu changé de nom ?

– Par prudence. Ce n'est pas naturel ? J'étais compromis, avec toi, par exemple. J'étais forcé de m'en aller et... de recommencer à zéro. »

Aitor éclata de rire. Une sorte de sifflement.

« Oui, et tu es compromis à nouveau, *amigo*. On peut peut-être se sauver une fois, mais, comme on dit, on ne peut jamais fuir deux fois ses responsabilités.

– Qui dit ça ?

– Ta gueule ! »

La limousine s'arrêta devant la terrasse d'un bar.

Peter voyait les poings d'Aitor se fermer et s'ouvrir, se fermer et s'ouvrir. Il sentit son cou se serrer. Il savait que c'était autour de son cou qu'Aitor aurait voulu serrer ses mains, jusqu'à ce que ses yeux éclatent.

« À propos, dit Aitor. Jesús court sur la plage. Il y fait son jogging. Il y a un endroit où il va souvent, et où ils ne peuvent pas le protéger à cent pour cent. Mais c'est ce qu'il veut, évidemment. On dirait qu'il fait confiance à la plage.

– Confiance à la plage ? »

Aitor hocha la tête.

« Il a toujours couru sur la plage. Là, il se sent en sécurité. Il a grandi sur la plage. Tu savais ?

– Je ne sais presque rien de lui. Pourquoi tu me parles de ça ?

– La plage, affirma Aitor. C'est là que ça se passera. »

6

Il entre dans la chambre, une serviette autour des hanches. Ses cheveux sont mouillés.

« Tu t'es calmé ? dit-elle.

– Oui. Amène le champagne. Et puis non, je vais prendre un whisky.

– Tu es sûr ?

– Pourquoi ?

– Tu sentais l'alcool quand tu es rentré.

– C'était juste du sherry. On nous en a servi à la réception. »

Il se dirige vers le bar.

« J'ai appelé à la maison pendant que tu étais sous la douche, déclare-t-elle. Et devine quoi ?

– OK, OK.

– Tu veux téléphoner toi-même ? »

Il regarde l'heure.

« Il est trop tard. »

Ils sont attablés dans une cour intérieure qui donne l'impression d'être au dernier étage d'un immeuble. Les étoiles sont si proches.

Devant lui, un mur blanchi à la chaux avec des bougainvilliers mauve foncé. Le mur disparaît sous les fleurs.

Ils sont en tête-à-tête autour d'une table couverte d'une nappe blanche. Dans un vase, des fleurs rouges. Les autres clients du restaurant comme en cercle autour d'eux. La soirée est chaude. Il a tombé la veste avant d'arriver.

Le garçon verse du vin à Rita. Son visage brille à la lueur des bougies. C'est une jolie phrase, se dit-il. À la lueur des bougies.

Le garçon le sert puis repose la bouteille dans le seau à glace. Il s'incline légèrement avant de partir.

Ils trinquent.

Rita le regarde.

« Essaie de te détendre un peu, dit-elle.

– Je me détends.

– Ne vois pas ça comme le boulot. »

Il est en train de boire quand elle dit cela

Il avale de travers.

Il repose son verre.

« Qu'est-ce que tu disais ?

– Ne vois pas ça comme le boulot.

– Quoi ?

– Ton truc, là ! Ta conférence, ou je ne sais pas comment l'appeler.

– Non, non... C'est juste un reste de stress suédois.

– Du stress suédois...

– Allez, santé ! fait-il en vidant son verre, qu'il remplit aussitôt.

– Vas-y doucement.

– Oh, c'est juste un peu de vin.

– Et c'est quand cette réception, demain ?

– Euh... À treize heures. C'est un déjeuner.

– Et ils veulent que je t'accompagne ?

– Oui.

– Je suis obligée ? Je préférerais aller à la plage. »

Un serveur leur apporte des petits plats, *gambas ajillo*, *jamón serrano*, poivrons marinés, sardines, friture.

Il hoche la tête et les laisse devant leurs tapas.

« Excuse-moi, Rita », dit Peter avant de quitter la table.

Il regarde son visage dans la lueur bleue des toilettes. C'est une lumière glacée, soixante degrés plus froide que celle du dehors. L'eau dégouline sur son visage, il respire fort et par à-coups. Ses yeux disparaissent dans le miroir.

À nouveau, il asperge d'eau son visage.

Il se sèche avec des essuie-mains en papier, se tamponne le front, la bouche, les yeux.

Il se regarde à nouveau dans le miroir. Ses yeux sont revenus, ce sont ses yeux, c'est lui.

Il secoue doucement la tête.

« Laisse tomber ! » dit-il en se rasseyant à table. Il ne s'est pas absenté plus de quelques minutes. Les crevettes chuintent encore dans leur plat de terre brûlant.

« Comment ?

– Cette fichue réception. Le déjeuner. Laisse tomber.

– Je peux ?

– Mais oui.

– Chouette !

– J'y passe un moment, et après nous aurons l'après-midi pour nous à la plage. »

Un guitariste flamenco plaque un accord sur une petite scène contre le mur. Un chanteur assis à côté de lui commence à chanter. Sa voix est rauque, claire, sensible. L'homme semble avoir dans les soixante-dix ans. C'est une chanson d'adieu, « *Adiooos Granada, Granadaaaaa mía...* ».

Ils font l'amour. Il est brutal, comme si c'était la dernière fois. Comme s'il voulait très fort la retenir.

« Aïe ! »

Il continue.

« Aïe, aïe ! »

Il s'arrête.

« Pardon. »

Elle lève les yeux vers lui et prend son visage dans ses mains.

« Il y a quelque chose qui cloche. Qu'est-ce que tu as ? Ou bien c'est... moi ? Nous ?

– Non, non. »

Il se couche sur le dos à côté d'elle, s'affaisse à côté d'elle. Elle attend qu'il ajoute quelque chose. Il ne dit rien. Au bout d'un petit moment, il se tourne vers elle.

« Pourquoi t'es-tu mariée avec moi, Rita ?

– Qu'est-ce que tu veux dire ?

– Se marier, faire des enfants... Pourquoi voulais-tu le faire avec moi ?

– Parce que je t'aime, bien sûr.

– Mais pourquoi ? Pourquoi m'aimer ? Qu'est-ce que c'est que tu aimes ?

– Je t'aime, Peter Mattéus. J'aime l'homme qui s'appelle Peter Mattéus. Tu es parfois un peu à la masse, mais je dois aimer ça aussi. »

Il lâche ce qui ressemble à un bref éclat de rire.

« C'est quoi, ça ? demande-t-elle.

– Peter Mattéus, ah !

– Me dis pas que tu es à la masse à plein temps, maintenant.

– Je ne suis peut-être pas celui que tu crois. Pas complètement.

– Peut-être que moi non plus.

– Qu'est-ce que tu entends par là ?

– Connaître les gens, ça prend du temps, Peter. Comment dire... On s'est rencontrés il y a sept ans, on a eu Magda un an après... C'est vrai, on a consacré beaucoup de temps aux enfants. La majeure partie du temps.

– Tu as déjà réfléchi au fait qu'on n'ait jamais beaucoup parlé de ce que je faisais avant toi ? J'étais déjà presque dans la force de l'âge quand je t'ai rencontrée.

– Non, parce que je ne trouve pas ça tellement intéressant. Je te l'ai déjà dit. Je suis comme ça. Je ne veux pas entendre un tas de conneries sur tes ex, tes meilleurs potes, tes études ratées ou tes occasions manquées. Quand on s'est rencontrés, tout a commencé ici et maintenant ! »

Elle rit et pose une main sur son torse. Sa main est chaude et ferme. Il voudrait rester là à jamais, pour le reste de sa vie. Il ne veut pas penser à ses meilleurs potes, il ne veut plus bouger, plus jamais bouger.

« Le temps a commencé avec nous ! »

Il ne veut pas qu'elle ajoute quoi que ce soit, plus besoin de parler. Plus besoin de voir, ou d'entendre. Tout est bien.

« Quand on s'est rencontrés, c'était l'année zéro, Peter.

– Si seulement c'était vrai.

– Mais on peut voir les choses comme ça. C'est peut-être un peu naïf, mais c'est ce que je te propose.

– C'est très naïf.

– Parfait. Il y a assez de cyniques dans le monde.

– Et si j'avais fait quelque chose dont tu aimerais ne jamais entendre parler, Rita ? Dans une vie précédente. Quelque chose que tu ne supporterais pas de savoir ?

– C'est bien ce que je dis. Je ne veux pas savoir.

– Je suis sérieux.

– Moi aussi.

– Et si j'avais tué quelqu'un ?

– Arrête ça, Peter. Ce n'est pas ce que je voulais dire en parlant du passé.

– Et si je portais quelque chose de ce genre ? J'ai abattu quelqu'un.

– Arrête ! » Elle se redresse. « Stop ! »

Il reste couché, en silence. Il y a des ombres au plafond. Elles ont peut-être toujours existé. Ce sont peut-être les ombres de la mer. Là-bas, la mer a toujours existé. Il a toujours été attiré par la mer. Maintenant, il sait que c'est au bord de la mer que tout va finir.

« Je sais bien que tu ne l'as pas fait, chuchote-t-elle.

– Comment le sais-tu ? Comment peux-tu le savoir ?

104

– Je te connais assez pour le savoir. »

Il hoche la tête.

Elle cherche son regard.

« Il y a quelque chose que je ne sais pas ?

– Quoi ?

– Que tu aurais… tué quelqu'un. Avant qu'on se rencontre. C'est vrai ?

– Non.

– Mais merde alors, pourquoi tu parles de ça ? »

Jurer n'est pas dans ses habitudes. Il y est allé plus fort qu'il n'aurait cru. Il a déchargé sur elle son inquiétude. C'est de la projection.

« C'est malsain, Peter. Je ne veux pas jouer à ce jeu-là.

– Ou si j'avais été un criminel. Si j'avais fait quelque chose de grave. Comment réagirais-tu si tu l'apprenais ?

– Je viens de te dire que je ne veux pas jouer à ce jeu-là !

– OK. »

Elle le regarde à nouveau.

« Il y a quelque chose que tu veux me dire et que tu ne veux pas me dire. »

Il ne répond pas.

« Tu as fait quelque chose de grave ?

– Qu'est-ce que tu ferais si tu l'apprenais ?

– Je te connais, Peter. Je vis avec toi tous les jours depuis sept ans. J'aurais su. Ou tu m'en aurais parlé. »

Il hoche la tête. Elle le regarde. Elle ne comprend pas pourquoi il a hoché la tête. À cause de quelque chose qu'elle a dit. Ou à cause de quelque chose en lui. Peut-être y a-t-il depuis toujours en lui quelque chose de tellement enfoui qu'elle ne

105

l'atteindra jamais. Elle sent un frisson glacé le long de son dos, comme si un vent du Nord avait ouvert en grand la fenêtre du balcon et s'était engouffré dans la chambre.

« Tu as fait une grosse bêtise quand tu étais jeune ? Tu n'es pas le seul. Mais je refuse de croire que tu aies tué quelqu'un. »

Elle sent à nouveau le vent froid, il rôde comme une bête sauvage autour du lit, dans la chambre, toute la suite.

« Tu as fait ça, Peter ? Je te le demande encore une fois.

– Non. Je te jure que non sur ce qu'il y a de plus sacré.

– Merci. Ouf. On peut presque tout pardonner, mais ça...

– Mais si ça arrivait ? »

Elle n'a pas compris. Il l'a dit sans la regarder, tourné vers le balcon, vers la mer. Elle touche son bras. Il est plus froid que sa main.

« On ne peut pas continuer avec ça, Peter. Je n'aime pas ça. Cette conversation vire au glauque.

– D'accord. »

Il se lève. Il attrape le verre d'eau posé sur sa table de nuit et boit. L'eau n'a pas de goût. Il sent un vague froid au niveau du diaphragme en l'avalant.

« Je ne sais pas pourquoi je parle de ça, déclare-t-il. C'est peut-être un rêve que j'ai fait.

– Mais nous n'avons pas encore dormi.

– Une autre nuit.

– Tu as rêvé que tu étais un assassin ?

– Je ne sais pas.

– Si un tueur en série s'introduisait chez nous avec un couteau de boucher et menaçait de nous découper en morceaux les filles et moi et que tu arrivais une seconde après avec un pistolet et que tu l'abattais, j'applaudirais des deux mains. Ça te va comme commentaire ?

– Ça fera l'affaire.

– C'était à une situation de ce genre que tu pensais ?

– À peu près. »

Le soleil se lève sur les déserts d'Afrique tandis qu'il boit un verre de jus d'orange accoudé au bar du coin cuisine. Il sort sur le balcon. La plage est déserte, complètement déserte. La mer est très grande, grise, immobile, dans l'attente du soleil qui ne s'est pas encore montré. Tout attend qu'il se montre. Il s'est contenté pour le moment de se faire précéder d'une lumière froide. D'abord la lumière, puis la chaleur, pense-t-il. Il porte un short et un T-shirt. Dans une minute, il va chausser ses tennis dans l'entrée. Il a prévenu Rita hier soir qu'il irait courir à l'aube. Ça l'a fait rire, mais il s'y est tenu.

Sur un bloc-notes posé sur le bar, il a écrit : « J'ACHÈTE DU LAIT. »

Il ne sait pas pourquoi il a écrit ça. Une façon d'être normal. C'est tout ce qu'on demande, que la vie soit normale. Savoir à l'avance que ce sera ainsi. Qu'il fera chaud. Qu'on achètera du lait pour le café.

Tandis qu'il remonte l'étroite ruelle vers l'*Avenida*, les premiers rayons du soleil ont atteint les maisons les plus proches de la plage. Il passe devant un café déjà ouvert. Encore désert. Il frissonne dans une rafale de vent, la dernière de la nuit, puis rebrousse chemin quelques pas pour s'attabler en terrasse. Une femme sort. Il commande café, pain grillé, beurre et confiture. Tandis qu'il attend son petit déjeuner, la rue commence à se remplir, comme si les gens avaient attendu qu'il arrive, qu'il prenne l'initiative. Le soleil pointe, il le sent sur son visage, ferme les yeux et sent sa chaleur.

Son café bu, il laisse quelques pièces sur la table et monte vers la vieille ville.

Le soleil n'est pas encore parvenu là-haut. Des boutiques ouvrent, des rideaux de fer remontent avec un bruit strident. Il a oublié de penser au grondement dans ses oreilles, c'est d'habitude sa première pensée quand il se réveille. Peut-être le grondement de la mer absorbe-t-il celui dans sa tête. Il l'entend à présent, en lui, dans ses oreilles, il est déjà trop loin de la mer.

La ruelle est toujours là. Comme à l'époque : le soleil n'arrive jamais jusque-là. Il frissonne en parcourant la centaine de mètres jusqu'à la plus grande rue de l'autre côté. C'est comme traverser un tunnel. Il y a de la lumière à l'autre bout. Il y est.

C'est en pente, rien n'a changé. Il aperçoit la montagne, au-delà de la colline qu'il va bientôt atteindre, la montagne est toujours là, le sera pour les prochains millions d'années.

Une femme récure les dalles d'un patio. Elle lève les yeux à son passage. Elle est à genoux, il la salue de la tête, elle ne lui répond pas.

Il arrive au sommet de la colline, le soleil éclaire de plein fouet l'église devant lui comme un projecteur, comme un projecteur sur le sable.

Il est à présent à l'ombre de trois palmiers, à côté de l'église. Il y a une place devant l'église. De l'autre côté, un café, il voit ses fenêtres de là où il est, la maison de deux étages, la décrépitude, la beauté, au-dessus de la porte une enseigne bleue et blanche qui pâlit au soleil depuis des années, il ne sait pas combien. Sur l'enseigne, BAR AZUL, il ne peut pas lire les lettres de là où il est, mais il sait qu'elles y sont encore, puisque l'enseigne y est encore.

Il en était pour baptiser le café, ou le bar, le café-bar.

Il y a une photographie où on le voit assis devant ce bar.

Il l'a regardée il y a peu, mais cela semble faire des années. Il en a reçu une copie dans une enveloppe à Stockholm.

La photo a été prise il y a des années.

Aitor et lui, il y a des années, souriant à l'appareil, il y a des années.

Souriant à la femme derrière l'appareil, la femme qui a pris la photo.

Il traverse la place, la porte est ouverte, un trou noir à l'ombre du soleil, il entre et il faut quelques secondes à ses yeux pour s'habituer à l'obscurité.

Un homme d'une cinquantaine d'années descend les chaises des tables après le ménage du matin. Ça sent le détergent, Dettol, une odeur qui en quelques secondes charrie tous les souvenirs, recrée les images.

L'homme lève les yeux. Ses cheveux sont gris, coupés court. Il porte un T-shirt, des tatouages représentant des serpents noirs comme lovés autour de ses bras.

« *Es cerrado, señor.*

– Je comprends, John », répond Peter en suédois.

L'homme se fige, une chaise à la main.

« Nom de Dieu ! »

Peter fait quelques pas vers lui.

« C'est pas vrai », s'exclame l'homme. Il tient toujours la chaise en l'air. Il a l'air de faire de la musculation. Ses biceps et ses triceps se gonflent, les serpents bougent autour de ses bras.

« C'est vrai », dit Peter.

Il distingue à présent l'intérieur du bar, le sol en damier, le comptoir, les bouteilles alignées, les chaises et les tables, les murs de pierre avec quelques affiches décolorées, comme passées à la machine à laver.

C'est comme à l'époque. Ici, le temps s'est arrêté.

« Qu'est-ce que tu fais là ? demande l'homme.

– On dirait que tu as vu un fantôme.

– C'est pas ce que tu es ?

– Tu as aussi l'air d'un fantôme, John.

– C'est pas ce que nous sommes tous ?

– Pas moi.

– Tu dois en être un, puisque tu reviens ici.

– Je ne pensais pas que tu y serais encore.

– Et pourtant tu es venu voir.

– Je n'avais nulle part où aller.

– Qu'est-ce qui te ramène ici ? Sur la côte ?

– Une conférence.

– Qu'est-ce que c'est que ce baratin ? Rien ne t'aurait fait revenir, à ce que j'avais compris. Surtout pas un boulot de merde. »

On entend du bruit dehors, un moteur de camion. Le bruit meurt. Peter entend des portières s'ouvrir, se fermer. Un homme entre. La lumière commence à s'infiltrer partout, entre les fentes des lourdes persiennes, par la porte, par les fissures invisibles des murs.

« La bière est arrivée », déclare John.

Il salue l'homme de la tête et sort à la lumière avec lui.

Le camion repart, Peter l'entend à travers le mur passer dans la ruelle voisine. Il l'entend derrière. Il regarde encore autour de lui, ferme les yeux, et essaie de tout voir comme c'était à l'époque où tout allait bien.

John revient dans le bar par l'arrière. John Österberg. Il est toujours là.

« Le temps passe, mais la bière reste, dit-il.

– Beaucoup de clients ?

– Tu verras ça, ce soir.

– Alors tu es devenu riche ?

– Dis ce que tu fais là. Tu n'as rien à faire ici. »

7

Rita traverse la promenade et descend les escaliers jusqu'à la playa de la Fontanilla, un panier en osier à l'épaule. De longs tapis verts ont été disposés sur la plage pour protéger les pieds des baigneurs. Le sable est déjà brûlant.

La plage est assez déserte. C'est le début de l'arrière-saison, quand la chaleur est à son comble. Cette nuit, elle est sortie sur le balcon et a senti la sueur perler à son front. La nuit n'a apporté aucune fraîcheur. Elle n'a jamais vécu ça : le soleil avait disparu, mais la chaleur perdurait.

Elle peut choisir à sa guise parmi les chaises longues alignées sur trois rangées. Elle en choisit deux près de l'eau, étale son drap de bain sur l'une et suspend son cabas à un crochet vissé au manche fixe du parasol. C'est un toit de paille tressée. Son panier est assorti.

Elle s'assied à l'ombre du parasol et commence à s'enduire les jambes de crème solaire. Elle regarde la mer. Elle est calme. Il n'y a rien, pas un bateau, pas un nageur, pas d'oiseaux, rien.

Au nord de la promenade de bord de mer s'alignent des maisons d'un étage. Leurs rez-de-chaussée sont occupés par des bars et des restaurants. À une fenêtre au-dessus d'un bar à tapas, un homme avec des jumelles. Il observe Rita. Il a suivi son installation sur le sable. Il la voit à présent payer le gamin qui loue les chaises longues et les parasols. Elle a tendu la main vers son panier pendu au crochet. C'est sans doute le même crochet que quand il était gosse et qu'il courait partout sur la plage pour un salaire de misère encaisser l'argent pour *las sombrillas y la tumbona*. Son père est mort sur cette plage avec quelques centaines de pesetas dans la poche, des pesetas-parasols, il n'a même pas connu les euros-parasols. Il aurait pu prendre la place de son père. Il était lui aussi né pour être esclave. Son père est mort avec du sable dans la bouche. Personne n'était là pour le lui enlever. Même ça, il n'a pas pu le faire.

L'homme regarde le gamin partir. La femme est seule sur la plage. Dans quelques heures, les Allemands et les Anglais seront là, quand ils auront touché le fond et que seul l'alcool aura pu soulager leur gueule de bois. Une nouvelle cuite remplace l'ancienne. Après une heure de traitement, ils sont à nouveau à flot. Dansent au soleil. Il voit la femme regarder dans sa direction. Elle ne peut pas le voir. Peut-être un reflet de la lentille. Il baisse ses jumelles.

Elle a vu une lumière aveuglante à la fenêtre d'une maison de l'autre côté de la promenade. Comme un éclair.

Disparu.

Ils sont assis en terrasse devant le Bar Azul, le bar bleu. Deux pintes de bière sur la table. John Österberg boit une gorgée. Des gens passent sur la place. Des chiens aboient, des coups de marteau résonnent, de la musique sort d'un haut-parleur déchiré dans une ruelle des environs. La vieille ville s'est réveillée.

Peter a raconté ce qui l'a fait revenir sur la Costa del Sol. Il n'a pas tout dit.

« Qu'est-ce que je vais faire ? demande-t-il. J'ai besoin d'aide.

– Ce type que tu dois descendre. Tu sais qui c'est ?

– Oui... enfin, juste ce qu'on m'en a dit.

– Mais tu ne le connais pas d'avant ?

– Non. Je savais qui c'était, c'est tout. »

Tout le monde ment dans cette histoire, pense-t-il. Tout le monde a ses raisons de mentir. Parfois, tout le monde sait que tout le monde ment. Ça vaut mieux pour tout le monde. On sait à quoi s'en tenir.

« Tu devrais le connaître.

– Comment ça ?

– S'il était déjà impliqué à l'époque. Si vous avez le même âge.

– On n'était pas les seuls à avoir cet âge, John. On avait l'impression que tout le monde avait le même âge.

– Ah, c'était le bon temps...

– Toi, tu devrais le connaître, John. Tu vis ici. Montañas. Jesús Maria Montañas. Tu connais ce nom ?

– Je ne veux pas savoir.

114

– Tu le connais ? répète Peter.

– Un ancien flic, tu dis ? Ça va, ça vient. Il y en a beaucoup. C'est la région d'Espagne avec la plus forte concentration policière.

– Et aussi la plus criminelle.

– Ça va ensemble, non ? Mais je sais qui c'est. Montañas. Tout le monde sait qui c'est. Le prochain maire, les élections ne sont qu'une formalité.

– Tu te souviens de lui... à l'époque ? »

John ne répond pas. Il semble contempler la place devant eux, la belle place. Peter suit son regard. Il n'y a que des palmiers, du soleil, de la pierre sur la place.

« Il venait ici, des fois, dit John.

– Tout le monde venait ici.

– Il ne portait jamais d'uniforme.

– Non.

– Pas non plus quand tu le rencontrais.

– Non.

– Pourquoi tu as menti en prétendant ne pas le connaître ?

– Je n'ai pas menti. Je ne le connaissais pas. Je l'ai juste croisé. Rien qu'une fois. C'était ici, comme tu as dit.

– D'accord.

– Tu me crois ?

– Quelle importance ?

– Je ne sais pas.

– Si c'est important pour toi, oui, je te crois.

– Merci.

– Montañas est l'ennemi public numéro un sur la côte.

115

– Mais le terrorisme se remet à bouger. Ça a sauté à Séville le jour de notre arrivée. Ça a sauté à Estepona hier soir. »

John ne répond pas. Il boit une autre gorgée de bière en scrutant la place écrasée de soleil. Ses yeux sont pâles comme ceux d'un aveugle. Il les tourne vers Peter. Impossible de s'y refléter.

« Ça pourrait être quelqu'un qu'on connaissait à l'époque », dit-il en regardant à nouveau la place. Un homme en costume sombre passe. Il semble au frais. Il porte une serviette. Peut-être un avocat, peut-être quelqu'un que je reverrai, pense Peter en buvant sa bière. Elle n'a pas de goût.

« Il en reste quelques-uns, de cette vieille bande de fous.

– Comment tu le sais ?

– Je vis ici.

– Qui ça ?

– Iker. Ainora. Jesús passe de temps en temps.

– Jesús ?

– Oui.

– Un autre Jesús, n'est-ce pas ? »

John ne répond pas. L'homme en costume revient. Il jette un regard dans leur direction. Il porte toujours sa serviette. Elle peut contenir n'importe quoi. Il disparaît dans la pente.

« Je ne veux rien savoir, dit Peter.

– J'essaie juste de t'aider.

– De ce côté-là, il n'y a aucune aide à attendre. Au contraire.

– Ah oui ?

– Oui. Je ne veux pas en entendre parler.

– D'elle non plus ? »

John cherche son regard. Peter le croise. C'est comme regarder dans un verre, un verre laiteux, comme essayer de regarder à travers un verre, un jour d'hiver, dans un pays froid.

« Elle ? Qui ?

– Allez, mon ami.

– Je ne veux pas savoir.

– Elle, elle voulait.

– Quoi ? Quoi ?

– Elle voulait savoir. Elle est venue ici demander de tes nouvelles. Tous les jours. Mais bien sûr tu n'étais pas là. Tu avais disparu. Sans jamais dire au revoir. D'après elle, tu n'as jamais dit au revoir. Tu ne lui as jamais dit *hasta luego*, hein ? Elle est venue jusqu'à ce qu'elle se lasse. »

Peter hoche la tête. Il entend bruisser les palmiers. C'est comme si le vent se levait, mais non. C'est le vent dans sa tête qui a forci. Il lui souffle d'une oreille à l'autre. Il sent la sueur sur sa nuque. Un malaise lui retourne l'estomac, lentement, comme un des serpents au bras de John quand il lève son verre de bière. Peter boit lui aussi, mais rien n'y fait. Le vent est toujours là, le serpent aussi. Une femme en noir traverse la place, abritée du soleil sous un parapluie noir. Elle aussi, il l'a peut-être connue.

« Je ne l'ai pas vue depuis des années, reprend John. À peu près depuis que tu es parti.

– Quoi ? Quoi ?

– Tu n'écoutes pas ?

– Bien sûr que j'écoute.

– Je ne l'ai pas vue depuis longtemps.

– Donc tu ne sais pas où elle est ? »

John le regarde à nouveau. Ses yeux ne reflètent toujours rien.

« Je pense qu'elle est encore en ville. Ou quelque part sur la côte. Je crois. Il y des années, une connaissance m'a dit qu'elle a quitté la bande et s'est mariée.

– Mariée ? Avec qui ?

– Quelle importance ? »

Peter ne répond pas. Il lève son verre, mais il est vide.

« Tu en veux une autre ?

– Oui. »

John va à l'intérieur. Peter regarde sa montre. Bientôt midi. Il essaie de réfléchir, mais trop de pensées se pressent dans le grondement de son crâne. L'alcool le fait taire. L'alcool augmente son taux de sérotonine et diminue le grondement. Il aimerait que les vacances durent toute la vie. Il boirait à n'en plus finir. Laisserait aux autres ses responsabilités.

John revient avec une autre pression, c'est juste *una caña*, un demi, il n'y a pas de raison de s'enivrer avant midi.

John reste debout.

« À moi non plus, tu n'as jamais dit *hasta luego*, Svante.

– Peter.

– Quoi ?

– C'est Peter, maintenant.

– *Whatever*. Tu n'as jamais dit salut, à la prochaine, *so long* ou adieu.

– Là, on se voit. Pas la peine de te dire adieu à l'époque, puisque me voilà de retour. »

118

– Ha, ha, ha. » John ne sourit pas, il fait juste semblant de rire. « Comment ça s'est passé, au juste, quand tu t'es barré ?

– Quelle importance ?

– Tu n'aurais pas pu faire cinq cents mètres, si on ne t'avait pas aidé. N'est-ce pas ? »

Peter ne répond pas.

« Qui c'était ?

– J'ai réussi à filer. De la plage. J'ai eu le temps de partir. Ils ne m'ont pas repéré.

– Ben voyons...

– Et puis ça n'a plus d'importance désormais.

– Il y a quelqu'un pour qui ça a une putain d'importance, riposte John en s'asseyant. Combien de temps tu as pour cette... mission ?

– Pas beaucoup.

– Comment vas-tu t'en sortir, cette fois ?

– Je ne sais pas.

– Tu en as parlé à ta femme ?

– Non.

– Pourquoi non ? »

Peter boit sa bière. La lumière s'est voilée sur la place, comme si un nuage passait. Il lève la tête, rien, que du bleu, *azul*.

« C'est à cause de la menace. La menace contre ma famille. Il faut que j'essaie de la garder en dehors de tout ça.

– Mais elle n'est pas en dehors. Ta famille est là-dedans jusqu'au cou, non ? »

Voici Naiara !

Aitor le dit avec un grand sourire, comme s'il présentait sa sœur.

Salut, salut ! répondit-il. Il avait l'air idiot. Il était nerveux.

Alors c'est toi qui es venu du pôle Nord jusqu'ici ? demanda-t-elle.

Eh oui.

Il fait toujours froid, là-bas ?

Ben oui, nous avons un hiver blanc dégueulasse et un hiver vert passable.

Toujours l'hiver ?

Malheureusement.

Alors je te comprends de venir ici.

Ici pour y rester.

Ça vaut peut-être pour nous tous, dit Naiara.

Mais tu n'es pas d'ici, n'est-ce pas ?

Maintenant, si.

Qu'est-ce que ça veut dire ?

On te l'expliquera peut-être, dit Aitor. Tu veux ?

Qu'est-ce que vous allez m'expliquer ?

C'est justement ce qu'on va t'expliquer.

Qu'est-ce que tu fais ce soir, Naiara ? demanda-t-il. Les explications ne l'intéressaient pas pour le moment.

À la plage regarder le soleil se coucher.

Agréable.

C'est ce qu'il y a de meilleur.

La plage là-bas ? La Fontanelle, comme je l'appelle ?

Non, une autre. Une plage très spéciale.

Où ?

C'est une plage secrète.

Il monte dans un bus au milieu de l'*Avenida*. Le bus va vers l'ouest. Il descend près de l'immeuble qu'il a observé hier avec Aitor.

Observé !

Il traverse la rue, s'arrête devant la grille du siège de la banque. Un vigile le regarde d'un œil paresseux, non, d'un œil menaçant, dissimulé derrière la paresse. Il y a une pelouse dans l'enceinte, et des palmiers qui ne vont pas mourir vérolés comme ceux de l'horrible *Avenida*. Le vigile en noir fait un pas dans sa direction. Le *guardia civil* fait un pas dans sa direction. Il sent sa tête se remettre à fonctionner, les idées la traverser. Il s'éloigne, retraverse la rue. Le vent s'engouffre dans sa tête. Il entend des voix, se retourne. Jesús María Montañas arrive à pied de l'autre côté de la rue, ce n'est pas si loin, avec trois hommes autour de lui, ses gardes du corps. Ils franchissent la grille. Jesús jette un coup d'œil indifférent alentour, peut-être vers l'étranger, de l'autre côté. Leurs regards se croisent une demi-seconde, non, la distance est trop grande, c'est impossible. La tempête se déchaîne dans son oreille.

Peter et Rita sont installés sur leurs chaises longues. C'est la plage, certains se baignent, la plupart sont couchés à l'ombre des parasols, quelques-uns jouent au foot, d'autres avec des raquettes.

Le bar est au milieu de la plage, une baraque posée sur le sable : le bar Mirage, pourtant bien réel. Quelques personnes sont assises autour du comptoir, protégées du soleil par un toit de tôle chauffé à blanc.

Un vendeur avec une glacière en bandoulière longe les parasols, un rang après l'autre, au bord de la mer, aller et retour.

« *Aaagua… cerveeeza… zuuumo… aaagua… cerveeeza… zuuumo.* »

Il jette un coup d'œil de biais à Rita et Peter. Peter le regarde, se redresse, fait un signe de tête au vendeur qui pose sa glacière et ouvre le couvercle.

« *Una cerveza por favor.* »

Peter se tourne vers Rita, qui semble dormir. Elle n'est qu'à moitié à l'ombre, ses jambes sont exposées au soleil. Le vendeur regarde ses jambes, peut-être qu'il regarde ses jambes. Elle a le visage protégé par un chapeau.

« Rita ? Tu veux boire quelque chose ? Une bière ? De l'eau ? »

Elle fait un geste de la main qui veut dire non merci.

Peter tend un billet. Le vendeur cherche de la monnaie. Peter lève la main.

« *Es bueno.*

– *Gracias, señor.*

– *De nada.* »

Le vendeur prend le billet et tend la canette de bière. Peter la prend. Elle est très froide. La glacière fume. C'est l'endroit le plus froid de la Costa del Sol. Les doigts de Peter gèlent autour de la canette. Sa langue accrocherait au métal. Il l'a fait, enfant, il a touché du bout de la langue le portique à tapis dans le jardin, et sa langue s'est collée à l'acier. Pris de panique, il s'est arraché la peau et sa bouche s'est emplie de sang. Pendant plusieurs semaines, il n'a plus senti aucun goût. Parfois, c'est encore le cas. Plus de goût. Acide ? Sucré ? Il n'a jamais battu de tapis. Il n'y a plus de portique à tapis. Même s'il y en avait, il ne battrait pas les tapis. Un portique à tapis dans son jardin à Enskede Gård. De quoi ça aurait l'air ? Il pourrait toujours dire que c'est une cage de but. Enskede Gård lui manque. Quand il rentrera, il ne le quittera plus jamais. Le plus beau quartier de la planète. Quand il rentrera. Quand il rentrera, il serrera le globe dans ses bras. Il serrera Stockholm dans ses bras.

Il boit sa bière. Elle est toujours fraîche. Il pose la canette dans le sable et observe le dos du vendeur qui s'éloigne sur la plage avec sa glacière, *aaagua... cerveeeza... aaagua... zuuumo.* Sa voix s'estompe, Peter renverse la tête, ferme les yeux, les ouvre, les ferme à nouveau... les ferme... Il ouvre les yeux, secoue la tête et continue à suivre du regard le déplacement du vendeur sur la plage, l'homme a l'air de continuer après la dernière chaise longue, son cœur semble flotter dans l'air effroyablement brûlant, comme du verre, comme du verre en fusion, Peter ferme les yeux... les ferme... Il rouvre les yeux et voit là-bas quatre silhouettes arriver en courant en cadence, comme des soldats en cadence, ils sont loin, des centaines de mètres au-delà du vendeur, ils courent dans l'air, ils s'approchent, grandissent à chaque foulée, il les voit à présent, voit qui c'est, Jesús fait son jogging avec ses trois gardes du corps en costume et chaussures basses au bord de la plage, les mêmes costumes qu'ils portaient quand Peter les a vus quelques heures plus tôt, ils ont l'air de coureurs confirmés, ils dégagent une aura particulière. Ils courent au ralenti. Peter distingue chaque mouvement. On dirait un film au ralenti, au ralenti comme on disait autrefois, à l'époque

123

des portiques à tapis, ils passent à présent devant le vendeur qui se retourne, comme au ralenti, il a l'air de dire quelque chose en levant sa casquette, puis se retourne à nouveau, un grand sourire aux lèvres. Les quatre hommes approchent de Peter, glissent, leurs vestes flottent au vent, leurs chaussures éclaboussent, ils dépassent les joueurs de raquettes, de foot, tout continue comme d'habitude, un gros homme essaie d'entrer dans l'eau dans le ressac, ils le dépassent, ils dépassent tout le monde, personne ne se retourne, personne n'appelle, personne ne les montre du doigt, seul un joyeux vendeur de bière les voit. Il sourit toujours, tout là-bas, au loin. Fait signe de la main. Quand les hommes arrivent au niveau de Peter, la chemise blanche de Jesús éclate en une tache de sang qui auréole toute sa poitrine, le sang jaillit de sa poitrine, il continue à courir, ses jambes bougent comme avant, ses hommes courent à ses côtés comme avant. Personne ne voit, sauf Peter. Un des gardes du corps a du sang sur le visage, sur une épaule. Les hommes rient, rient, ils sont à présent arrivés au niveau des joueurs de volley, ils passent en courant sous le filet, Jesús en tête, en plein match, personne ne réagit, personne ne se retourne sur leur passage, ils laissent une trace rouge derrière eux dans le sable. Mais personne ne réagit, que Peter. Il crie à présent. Il faut que quelqu'un le fasse. Il crie.

Quelqu'un le frappe, lui frappe le bras.

Il essaie de se protéger.

« Non ! crie-t-il, non !

– Peter ? Peter ! Réveille-toi ! »

Il reconnaît cette voix.

124

« Peter ! »

Il ouvre les yeux. Elle est assise en face de lui, elle n'est plus dans l'ombre. Plusieurs personnes regardent dans leur direction, une jeune femme tient une balle qu'elle s'apprête à lancer avec une raquette ridiculement grande.

« J'ai dû m'assoupir.

– En plein cauchemar. »

La plage est calme, pas de corps, pas de sang, pas de sirènes, pas d'ambulances. Les joueurs de volley continuent comme si rien ne s'était passé sur la plage.

« Ce n'est pas bon de s'endormir en plein soleil », dit Rita.

Il voit la canette de bière dans le sable, l'attrape et boit. La bière s'est réchauffée, mais a gardé un peu de fraîcheur.

C'est la fin de l'après-midi sur l'*Avenida*. Peter est dans une des longues ombres.

La limousine glisse jusqu'à lui. La portière arrière s'ouvre.

Aitor porte une chemise noire, pas de veste. Peter une chemise beige et un pantalon de lin blanc. Son visage est rouge.

« Tu es allé sur la plage, dit Aitor une fois la limousine repartie. Il faut faire attention avec le soleil.

– Va te faire foutre. »

Aitor éclate de rire.

« Bien dit. »

Ils roulent vers le nord, par des rues en pente. Entre les maisons blanches, personne. C'est la sieste.

« Souviens-toi de ces rues quand nous étions jeunes, reprend Aitor. Tu vois, rien n'a changé. »

Il rit à nouveau.

« Il fait toujours trop chaud.

– C'est impossible, affirme Peter.

– Qu'est-ce qui est impossible ?

– De tuer Montañas. Ce n'est pas faisable. Je ne peux pas.

– On parlera de ça un peu plus tard.

– Plus tard ? On a d'autres sujets de conversation ? »

La limousine traverse le viaduc au-dessus de l'autoroute. La cime enneigée de la Sierra Blanca scintille, à mi-chemin du ciel. À mi-chemin du ciel et de l'enfer, pense Peter. Il voit la grande gare routière, à gauche. Elle n'existait pas autrefois.

Ils continuent vers le nord, vers la montagne. Le paysage est brun et rouge, comme un corps laissé sans protection au soleil. C'est l'enfer. Un pays condamné à mort, songe-t-il.

Un paysan solitaire au milieu de son champ lève la tête sur leur passage.

« Regarde ce pauvre diable, dit Aitor.

– Au moins, il essaie de faire un travail honnête.

– Ça pourrait être mon père », rétorque Aitor. Son visage s'est durci. « Je viens de la montagne. Mon père a été forcé de descendre sur la plage. Nous venons tous de la montagne. Personne ne nous a donné une chance. Personne. Nous avons été forcés de descendre sur la plage, dans un pays étranger. » Il fait un geste vers le soleil et la terre. « On ne nous donne jamais rien, ici. Il faut prendre soi-même.

– Je connais ton histoire, Aitor. Tu l'as racontée.
– Je n'ai pas fini de la raconter. On ne peut pas finir de la raconter.
– Où allons-nous ? »

La limousine est garée au bord de la route. Le chauffeur fume, appuyé contre le capot. La fumée monte comme de la cendre dans l'air sec.
Peter et Aitor sont au bord d'un ravin.
Au-delà des collines brûlées, Peter voit la ville. Elle luit, blanche. Plus loin, la mer. Qui se fond dans le ciel. Le ciel est blanc, là-haut. Le bleu est en bas.
« D'ici, on voit à perte de vue », indique Aitor.
Peter ne répond pas. Aitor fait un geste vers l'ouest.
« Là-bas. C'est la plage. La crique, tout là-bas. Loin après San Pedro.
– Quelle plage ?
– Tu le sais bien, mon ami.
– Elles se ressemblent toutes.
– Celle-ci est spéciale.
– Je t'ai dit que je n'avais rien à voir avec... ce qui s'est passé, Aitor. Ce qui s'est passé après.
– Ce qui s'est passé après, tu en étais, mon ami. Et tu n'as rien payé à l'époque. Tu as gagné. J'ai dû payer l'addition. Maintenant, c'est ton tour.
– Pourquoi avoir attendu si longtemps, Aitor ?
– J'étais en taule. Tu le sais bien.
– Tu aurais pu me faire venir malgré tout. Ce n'est pas une histoire de prison. »
Aitor ne répond pas.
« De la vengeance, affirme Peter. Ce n'est rien d'autre.

– On dit que la vengeance est un plat qui se mange froid. Je voulais attendre pour voir si c'était vrai. Si ça valait le coup.

– Alors, c'est vrai ? Ça vaut le coup ?

– Oui.

– Alors ta patience a été récompensée, Aitor.

– On dit aussi qu'il faut la servir brûlante.

– Est-ce que c'est vrai, aussi ?

– Oui.

– On doit donc attendre longtemps à table.

– C'est justement l'idée, *amigo*. »

Peter sent le soleil sur son crâne, comme un casque de feu. Il est beaucoup plus près du soleil ici qu'au niveau de la mer. Ici, pas d'eau où se réfugier, pas de plage.

« C'est tout simplement impossible à faire. »

Aitor se tourne vers lui. Il voit son visage dans les lunettes noires d'Aitor. Son visage est déformé. Il voit le sommet de la montagne. Il voit le ciel blanc. Lui aussi en noir.

« Il est protégé par ses gardes du corps, continue Peter. On ne peut pas l'approcher.

– Tu l'as fait. Ce matin.

– Quoi ?

– Tu t'es approché de lui ce matin. Près de la banque. Tu aurais pu le faire, à ce moment-là.

– Tu me files ? J'aurais dû m'en douter. Mais non, je n'aurais pas pu le faire à ce moment-là. Je n'ai pas d'arme.

– Non, pas encore. C'est un peu trop tôt. »

Aitor allume un cigare. Peter entend le vent forcir. Un nuage passe à toute vitesse dans le ciel. Un aigle sort de derrière un rocher et se met à planer au-dessus d'eux. La rafale est passée. Peter n'entend plus que le grondement dans son oreille. Un bruit fantôme dans son oreille. L'ombre de l'aigle fait des cercles autour d'eux.

L'aigle fond en piqué, vers une proie que seuls voient les aigles.

« Je ne le ferai pas. Tu ne peux pas me forcer à le faire.

– Tu en as parlé à ta femme ? Tu en as parlé à Rita ?

– Tu m'as interdit de le faire. »

Aitor ne répond pas. L'aigle est revenu à son point de départ, prêt à passer à l'attaque, entre ciel et terre. On dirait qu'il est à mi-chemin. L'aigle flotte dans le vent. L'aigle possède le ciel. Il contrôle la terre en dessous.

« Tu m'as forcé à venir avec Rita, Aitor. Tu ne m'as pas donné le choix. »

Aitor semble observer l'aigle. Il plonge à nouveau, replie ses ailes et tombe vers le sol.

« Je vais lui dire d'aller à la police. C'est le seul moyen. Je vais y aller moi-même.

– Tu as une famille. Sois prudent.

– Va te faire foutre ! »

Aitor lâche son cigare à demi fumé sur le rocher, sur la terre sèche. L'écrase d'un coup de talon. La chaussure et le rocher ont la même couleur, comme faits l'un pour l'autre. Aitor tourne un peu la tête et fait un signe discret au chauffeur resté près de la voiture.

Le chauffeur s'assied dans la voiture et sort son téléphone.

Rita remonte de la plage par le large escalier qui donne sur la promenade. Elle la traverse et suit une rue cinquante mètres vers le nord, jusqu'à l'hôtel. C'est la mi-journée. Les ombres des maisons ne suffisent pas.

Elle ouvre la porte de la suite. Il y a un autre client dix mètres plus loin dans le couloir, elle ne voit pas qui, ne s'en soucie pas, il fait trop chaud, elle a déjà soif, bien qu'elle ait bu juste avant de quitter la plage.

L'entrée est plongée dans la pénombre.

Elle laisse son panier de plage tomber à terre, se débarrasse de ses sandales et gagne la kitchenette. La porte d'entrée est toujours entrouverte.

Ils l'attendent dans la chambre. Comment le saurait-elle ? Une ombre se glisse par la porte derrière elle. C'est le client du couloir. Elle n'entend rien.

Elle ouvre le frigo, se penche et se relève, une bouteille en plastique de jus d'orange à la main.

Deux mains lui attrapent le cou et la bouche.

On lui tire violemment les mains en arrière.

Du calme du calme du calme.

Elle ne voit rien d'autre que la mer dehors elle se précipite vers elle tout se précipite vers ses yeux.

La bouteille rebondit par terre, éclabousse tout comme des reflets de soleil. Elle sent le liquide sur ses lèvres, mêlé au sel, un goût amer.

La bouteille tourne comme une toupie sous ses pieds agités de spasmes dix centimètres au-dessus du sol. Elle flotte au-dessus du sol.

Jesús Maria Montañas sort de la banque en compagnie d'une femme de son âge. Elle le tient par le bras. Ils sont suivis d'un homme en costume noir. Le petit groupe traverse vite le parking en direction d'une voiture noire. Le chauffeur les attend. Il ouvre la portière arrière. La femme entre. Le chauffeur fait le tour du véhicule, ouvre l'autre portière et Jesús se penche pour entrer. L'homme en costume noir s'installe à côté du chauffeur et la voiture s'engage dans la rue.

Ils traversent le centre et continuent vers l'est, en passant devant des bureaux, des stations-service, des bars, des restaurants, des magasins. La voiture oblique dans une rue en pente, tourne à gauche et s'arrête devant un bâtiment bas qui couvre tout un pâté de maisons. On voit tout de suite qu'il s'agit d'une école. Elle est peinte de couleurs gaies, avec dans la cour des jeux, toboggans, balançoires, un bateau de pirate. La cour de récréation est entourée d'une haute grille, à l'ombre de palmiers.

La femme est à présent à côté de la voiture. La portière arrière est ouverte. On aperçoit le visage de Jesús assis sur la banquette arrière.

Une fillette de dix ans agite la main en franchissant la grille. La femme sourit et agite la main à son tour.

« Esmeralda ! »

L'enfant court sur les derniers mètres, la femme se penche, la serre dans ses bras et l'embrasse.

« Papa est venu lui aussi », dit la femme.

La fillette entre dans la voiture, suivie de la femme.

La voiture continue à monter la rue, traverse le viaduc au-dessus de l'autoroute, dépasse la gare routière, continue à travers la campagne sur la seule route vers la montagne.

131

Après cinq kilomètres, ils atteignent quelques maisons blanches disséminées comme des morceaux de sucre dans le paysage mort. Les villas sont clôturées, entourées de palmiers, de pelouses qui brillent comme des néons verts dans le paysage. Si ces villas forment une petite ville, les hangars couverts de tuiles, alentour, sont les faubourgs. Quelques silhouettes bêchent la terre. La poussière tourbillonne autour d'eux comme de la fumée. La scène est médiévale. L'asphalte ne va pas plus loin. Il n'a pas traversé la ville blanche.

Pour les hommes qui observent la scène depuis le rocher, la voiture rappelle un insecte rampant lentement sur la terre desséchée. De haut, elle est comme un insecte, un scarabée, le dernier à avoir survécu à la dernière guerre, un cafard. Il n'y a que silence, là-bas.

Un des hommes allume un cigare. Là-haut, on entend le vent. Un oiseau crie, un autre lui répond. Les cigales ont commencé à s'échauffer pour le concert du soir.

La voiture s'arrête devant le portail en fer d'une propriété. Le portail glisse lentement. Un homme monte la garde. La voiture entre, manœuvre devant la villa et s'arrête devant l'entrée bordée de palmiers et de colonnes. C'est peut-être en style romain, grec, mauresque, un mélange, c'est le style méditerranéen.

La fillette saute hors de la voiture. L'homme et la femme la suivent, plus lentement, plus dignement.

Derrière la villa s'élève la cime de la montagne. La perspective donne l'impression qu'elle est dans le jardin.

L'individu là-haut, au bord du rocher, voit l'homme se pencher et faire sauter en l'air la fillette. La fillette lève les mains en signe de victoire.

Aitor passe des jumelles à Peter. Il les porte à ses yeux. La fillette rit. L'homme rit. La femme rit. On n'entend aucun bruit. C'est un film muet.

« C'était un de ces jeunes flics aux dents longues, entend Peter. L'un d'eux était derrière le piège qu'ils nous ont tendu. Je sais que c'est lui qui a tué mon frère. Qui l'a tué personnellement. »

Peter baisse les jumelles. Les gens sont toujours là-bas, comme des fourmis près d'un scarabée.

Aitor le regarde.

« Je crois que tu savais, pour ce piège. »

8

La limousine s'arrête au milieu de l'*Avenida*. Toujours au même endroit.

Il descend et la limousine s'en va.

Il va directement au bar commander un gin tonic. C'est le même bar. C'est un habitué, maintenant.

Personne ne répond au téléphone. Il compose trois autres numéros. Personne ne répond.

Il ingurgite le drink, jette quelques pièces sur le zinc et ressort sur cette maudite *Avenida*. Une calèche passe, pleine à ras bord de touristes. Une femme brandit un appareil photo droit vers lui. Il regarde fixement l'objectif. La femme baisse son appareil. Elle a l'air effrayée. Il la hait. Il les hait tous. Ils rient à présent. Il hait le rire. Il retourne dans le bar et commande un autre gin tonic. Le barman hoche la tête, ne montre aucun étonnement, prépare la boisson. Un match de foot passe sur l'écran de télévision accroché derrière lui. Une équipe blanche contre une rouge. Personne n'a l'air de regarder. Le commentateur semble s'ennuyer. Rien ne se passe sur le terrain.

Peter est servi, il pose l'argent sur le comptoir avec un geste, gardez la monnaie. Il boit et, après un petit moment, le grondement dans sa tête diminue. Diminue lentement. Il faut qu'il consulte à son retour. Ha, ha. J'ai un acouphène lié au stress, docteur, je ne sais pas d'où ça vient, je n'en ai aucune idée. Le commentateur se met à crier et Peter lève la tête. Les rouges marquent. Les joueurs s'embrassent. Quelqu'un beugle dans le bar, on lui répond quelque chose, puis le calme revient. Les hommes, ici, ne se disent pas grand-chose. Ils sont concentrés sur leur boisson. C'est comme à la maison. Les Espagnols sont les Suédois de la Méditerranée. Des Suédois du Norrland. Il n'est jamais allé dans le Norrland profond, dans la neige jusqu'à la taille. Jamais. Il voudrait, à présent, même ça, il voudrait le faire. Il est prêt à tout, à tout plutôt que ce qui l'attend ici. Il tient son verre vide. Il boit quand même, ça n'a pas de goût, ça a un goût de merde. Le barman le regarde, il lui fait un signe de tête en levant son verre, à son corps défendant. C'est une jolie expression, à son corps défendant, comme s'il y avait le choix, comme si le corps pouvait se défendre. Il faut être bien naïf pour le croire.

Le verre qu'il tient n'est plus vide. Il boit. Ça a un goût d'aiguilles de sapin et de médicament, comme un médicament à base d'aiguilles de sapin. On peut construire de jolies cabanes avec des branches de sapin, il l'a fait, enfant. Quand il était un petit garçon. Il y avait encore des forêts jusqu'à l'intérieur de Stockholm.

C'est ça que je veux, construire une cabane en branches de sapin et disparaître dedans. Je finis juste de boire ça et je pars à la recherche de branches.

Dehors, la soirée s'est épaissie autour des gens. On a du mal à se frayer un chemin. Le grondement augmente à nouveau dans sa tête. Le seul remède, c'est l'alcool. Il marche de travers sur le trottoir, heurte une façade, se rattrape d'une main, se calme. Le grondement diminue. Impossible de boire davantage, impossible quand on commence à s'emmêler les jambes.

Elle ne répond pas quand il l'appelle sur son portable. Il a du mal à voir, la lumière de l'éclairage public ne vaut rien ici, contre ce mur sur l'*Avenida*. La lumière du jour et celle du crépuscule créent un mélange qui ne rime à rien. Il tente encore d'appeler. Les lampes pendues au-dessus de la rue sont cassées, elles se balancent dans le vent comme des trous noirs dans le crépuscule.

Elle ne répond toujours pas. Il se détache de son mur comme un navire de son quai, non, plutôt une barque de son ponton. Ses jambes le portent. C'est comme marcher sur l'eau, marcher sur la mer.

Elle ne répond pas. Il téléphone. Il coupe à présent par le petit parc pathétique, descend la rue vers l'hôtel, il lève les yeux, il est arrivé, c'est l'entrée, c'est la réception. Personne à la réception, pas un chat. La télé murmure quelque chose là-bas, il voit que le match est fini. Sur l'écran défile juste un paysage mort, tandis qu'il se précipite dans l'escalier. Pourquoi court-il ? Qu'est-ce qui le fait courir ? L'alcool ? L'alcool qui lui fait un drôle d'effet, qui le fait courir ? Bizarre.

Il introduit à présent la clé dans la serrure. Une vieille clé, une vieille serrure. Il n'a pas l'habitude des clés d'hôtel, il n'y a plus que des cartes maintenant. Dire que les clients se trimballent leurs clés hors de l'hôtel ! Ça n'arrivait jamais autrefois, emporter ses clés hors du bâtiment ! On peut les laisser à la réception, mais aussi les emporter. Ça ne devrait pas être comme ça.

Il ouvre la porte. Il fait sombre là-dedans. Les rideaux doivent être tirés. Les lourds rideaux doivent être complètement tirés.

« Rita ? Rita ? »

Il y voit mieux dans la pénombre de l'entrée. Son panier de plage est par terre, à moitié renversé. Ses sandales aussi, en vrac. Elle range ses sandales, même si elle a très envie de faire pipi, pour ne pas introduire inutilement du sable dans la salle de bains. Pas de sable dans la salle de bains. Il entre. Il n'y a rien, il n'entend rien.

« Rita ? »

Putain, à quoi bon appeler ? Qu'est-ce qui lui prend ? Est-ce pour entendre quelque chose au-dessus du hurlement dans son crâne, quelque chose qui chasse ce hurlement ?

Dans la kitchenette, la bouteille de jus d'orange gît au milieu d'une flaque qui n'a pas encore séché. Le liquide a une couleur désagréable, comme la lueur toxique du crépuscule. Sur le bar, un bloc ouvert. Il lit : « J'ACHÈTE DU LAIT. »

Pourquoi a-t-elle écrit ça ? Si elle est sortie faire des courses, elle devrait répondre à son putain de téléphone. Elle aurait pu écrire autre chose, comme message.

Mais il comprend après quelques secondes que c'est son mot du matin, c'est son écriture.

Il entre à présent dans la chambre. Les rideaux sont tirés là aussi. C'est ainsi qu'ils les ont laissés ce matin, qu'elle les a laissés. Il était déjà sorti dans la nature.

Ses vêtements sont toujours dans le placard, tous ses vêtements, à ce qu'il voit. Ses chaussures par terre.

Elle ne répond toujours pas. Il sort sur le balcon, le téléphone collé à l'oreille. En bas, la piscine de l'hôtel, quelques clients au bar, un gamin plonge dans la piscine. C'est à nouveau l'*happy hour*, ici c'est toujours l'*happy hour*.

Il ne veut pas appeler sa belle-mère. Pas de raison de s'inquiéter. Pas de raison d'inquiéter les autres.

En arrivant en bas de l'escalier, il voit le gamin plonger encore dans la piscine.

La réceptionniste le regarde, c'est la même que le jour de leur arrivée.

« Ma femme a-t-elle laissé un message ? Rita Mattéus ? Un mot ? »

La femme tape sur le clavier de son ordinateur. La télévision est derrière elle. Un incendie quelque part. Le son est coupé. Des maisons brûlent.

La réceptionniste lève les yeux.

« Désolée, pas de message. »

Pourquoi dit-elle « désolée » ? Croit-elle qu'il s'attendait à un message ? Croit-elle que Rita et lui ne communiquent que par messages interposés ? Qu'est-ce qui lui fait croire ça ?

138

« A-t-elle laissé sa clé ? » demande-t-il.

La femme fait non de la tête.

« Comment le savez-vous ? »

Elle répond qu'elle est restée tout l'après-midi à la réception.

« Vous pouvez quand même vérifier ?

– C'est assez rare qu'on nous laisse des clés.

– Mais vérifiez, nom de Dieu ! »

Elle sursaute. Elle se dirige vers un placard, à quelques mètres de là, l'ouvre. Quelle façon foireuse de ranger les clés des clients. Elle se retourne.

« Non, votre femme n'a pas laissé sa clé.

– Elle n'est pas là-haut. Dans la chambre. »

La femme hausse les épaules. Elle doit s'en foutre.

« A-t-on cherché à nous joindre ? Moi ou elle ?

– Pas pendant mon service. »

Derrière elle, l'incendie fait rage. On dirait que les flammes jaillissent de l'écran.

« *Es Terremolinos*, précise la femme.

– *Una bomba ?* » interroge-t-il.

Elle hausse les épaules, mais ce n'est plus de l'indifférence. Elle devrait comprendre. La terreur est arrivée au paradis.

Il pose le téléphone sur le bar de la kitchenette. Il n'y a rien de pire qu'appeler un répondeur. Le répondeur est une des inventions les plus merdiques qui soient.

Elle est sortie acheter ce putain de lait qui n'aurait sinon jamais été acheté.

Elle est sortie boire un verre. Elle est à la terrasse d'un bar, elle observe les gens. Elle aime ça, observer les gens.

Elle est sortie marcher. Une promenade tranquille au bord de la mer. Voilà où il devrait aller. Elle devrait y être. C'est là qu'elle est.

Il reprend son téléphone et essaie de composer un numéro. Ses doigts sont trop gros, les touches trop petites, pour des enfants. De toute façon, c'est surtout les gamins qui utilisent ces trucs. Il repose le portable. La sueur coule sur ses yeux. Il les ferme. Ça pique. Il se frotte les yeux et le front. Il a de larges auréoles sous les bras, elles se voient malgré sa chemise claire, tout se voit dans le miroir où il se regarde à présent. Il pourrait figurer dans une publicité pour un déodorant : cet homme n'utilise pas la bonne marque. Voici au contraire la bonne marque. Et une photo du même utilisant la bonne marque. Mais pas maintenant. Tous les autres jours, mais pas aujourd'hui. Il y a une bouteille de gin Larios posée un peu plus loin sur le bar, il fait deux pas, l'attrape, la décapsule et boit au goulot. Une grande gorgée, il avale de travers, tousse, crache de l'alcool sur le bar, se plie en deux sur le bar, tousse encore, hoquète, comme s'il allait vomir des aiguilles de pin et juste à ce moment son téléphone sonne.

Il essaie de respirer.

« Allô... oui ?

– Salut Papa !

– Sa... salut ma chérie. »

C'est une voix venue du bon côté du monde. Il avait oublié son existence, putain il l'avait oublié.

« Tu as l'air bizarre, Papa. Tu es enrhumé ? dit Magda.

– Non... non. Je... je me suis coincé quelque chose dans la gorge, c'est tout.

140

– C'est parti ?

– Quoi ?

– T'es dur de la comprenette ou quoi, Papa ? Le truc que t'as dans la gorge !

– Oui, c'est parti... c'est parti maintenant.

– Vous avez eu beau temps, aujourd'hui ?

– Oui. Beau. Beau temps.

– Tu as l'air bizarre, Papa. »

Il tousse encore deux fois.

« Maman ne peut pas te taper dans le dos ! ?

– Si, je...

– Devine un truc, Papa !

– Quoi ?

– Devine s'il pleut, ici !

– Je pense que oui.

– Gagné ! Bon, il faut que je demande un truc à Maman.

– Je ne peux pas...

– Je suis à la maison, chez nous, le coupe Magda. On cherche un pull. Grand-Mère cherche elle aussi. Isa cherche aussi. Il est à Maman. Elle m'a promis que je pourrais l'emprunter pendant vos vacances. Il est rose et bleu ! Mais on ne le trouve pas. J'ai cherché PARTOUT. On s'habille pour sortir. On se déguise avec Grand-Mère.

– Je peux lui parler ?

– Non ! Il faut que je demande à Maman pour le pull !

– Maman est sortie faire des courses. Elle... rentre bientôt.

– On dirait que tu me racontes des histoires !

– Mais non, je ne te raconte pas d'histoires !

– Promets-moi qu'elle m'appelle dès son retour pour me dire où est ce pull !

– C'est promis, ma grande. Je peux parler à Grand-Mère, maintenant ? »

Il se frotte les yeux avec sa main libre. La sueur a coulé sur le portable. Il a l'impression de tenir une savonnette. Il l'essuie sur son pantalon et le recolle à son oreille.

« Oui ? Allô ?

– Tout va bien, Gun ?

– Oui.

– Rien... de spécial ?

– Non... qu'est-ce qu'il y a, Peter ? Tu as l'air un peu bizarre.

– Magda vient de le dire elle aussi, c'est juste la chaleur. On n'a pas cherché à me joindre cet après-midi ? Il n'y a pas longtemps, ce soir ?

– Non.

– Personne n'a appelé d'ici ?

– Qu'est-ce que tu veux dire ? Cherché à te joindre, d'Espagne ?

– Oui.

– Non, pas que je sache. Et les filles ne sont pas restées seules. Rita a appelé, mais c'était il y a quelques heures.

– Quand ?

– Eh ! Tu me cries dans les oreilles, Peter. Il s'est passé quelque chose ?

– Non, non. Elle a appelé quand ?

– Ça devait être... il y a quatre heures. Trois heures et demie peut-être.

– Qu'est-ce qu'elle a dit ?

– Que tout allait bien. Qu'elle allait peut-être descendre un petit moment à la plage. »

Il ne répond pas.

« Elle n'est pas là, Peter ?

– Où ?

– Je ne sais pas, moi, à la plage, ou avec toi.

– Elle... est sortie faire une course.

– C'est vrai que tu as l'air un peu vaseux, note Gun. Ce n'est pas bien de prendre trop de soleil d'un coup.

– Oui... oui, tu as sûrement raison. Je vais me coucher un moment.

– Et attention avec l'alcool.

– Oui, oui.

– Bien.

– Je rappellerai... plus tard dans la soirée. J'appellerai après dîner. Ce ne sera pas trop tard. »

Les vagues sont minces et douces dans les dernières minutes du crépuscule. Il va et vient au bord de la plage, sent l'eau sur ses pieds. Elle n'est pas froide. Les loueurs ont rangé leurs chaises longues. Elles sont bien alignées. Il les a toutes passées en revue deux fois. Il est seul sur la plage, une silhouette solitaire. Un bout de nuage au sud ressemble à un massif montagneux.

De l'autre côté de la promenade, à cent cinquante mètres de Peter, quelqu'un le surveille. Pas besoin de jumelles. L'observateur est à une fenêtre ouverte comme un trou plus sombre sur la façade d'une maison. Des gens passent en contrebas, en route vers l'heure bleue.

L'homme lève des jumelles spéciales. L'image de Peter apparaît comme en négatif, le noir en blanc. Il est presque entièrement blanc, une silhouette dans la lumière artificielle.

Peter tripote son portable, on le voit dans les jumelles.

143

Ça sonne. Ça sonne tout près de l'observateur. Son mobile vibre sur la table à côté de lui. Il continue à scruter l'homme sur la plage. Il le voit baisser le bras. La sonnerie et les vibrations cessent.

Il marche parmi les touristes qui entrent et sortent des boutiques, s'assoient en terrasse, au bar, rient sous les palmiers, flânent, font leur jogging, passent au volant de voitures de sport décapotables, en calèche. La chaleur a un peu baissé, mais il fait encore très chaud, il marche dans un rêve nerveux. Il a rappelé son numéro, il est rentré à l'hôtel, a marché dans la flaque, ramassé la bouteille, contourné la flaque.

Il est allé à la réception demander s'ils avaient vu entrer quelqu'un qui ne semblait pas être de l'hôtel. Ils n'ont pas compris. Ils avaient l'air de penser qu'il était ivre. Il est ivre, mais pas au point de ne pas savoir ce qu'il dit ni comment il s'appelle. Comment il s'appelle maintenant, dans les rues autour de la plaza de los Naranjos. Il n'est pas ivre, mais il ne boira plus ce soir. En quittant la réception, il les a remerciés pour le champagne. Un beau geste, a-t-il dit. Ils l'ont regardé, interloqués. Il est revenu sur ses pas. Le champagne, a-t-il insisté. Enfin, le cava. Une bouteille, en cadeau de bienvenue de la part de l'hôtel. Ils ne comprenaient pas de quoi il parlait. Ils avaient placé une corbeille de fruits sur la table. Ils n'offrent pas de champagne, ni aucun autre vin. Ce n'est pas dans les habitudes de la maison. La corbeille de fruits, oui. Mais bon Dieu, quelqu'un est monté avec une bouteille de cava. Je l'ai vue. Vous avez vu qui c'était ? Non, mais ma femme oui, c'est elle qui lui a ouvert. Il a vu leurs sourires cachés. Après, ils n'ont plus rien dit. Ils comprenaient. Il aurait voulu défoncer le dentier du réceptionniste en chef, peu importe son titre. Les idées qu'il se faisait, ce salaud, ce n'était pas difficile de les imaginer.

Et il est parti.

Il se déplace à présent dans les lumières électriques qui se mêlent dans le maelström de la ville. Tous les visages qui se tournent vers lui sont hostiles. Ils savent quelque chose qu'il ignore. Savent quelque chose de Rita, savent quelque chose de lui. Ils savent, tout le monde sait tout de lui. Ils savent qu'il est un étranger. Ils voient la victime en le regardant. Tout se voit dans ses yeux. Ses yeux ont une lueur de cendre dans le crépuscule, absorbent toute autre lumière, la lumière noire, quatre-vingts pour cent de lumière noire.

L'écriteau au-dessus de l'entrée du bâtiment est gris comme le béton, noir comme les uniformes, POLICIA NACIONAL, en lettres de néon. Lettres qui dansent, dansent en jaune. Il gravit les marches sous les lettres lumineuses hautes comme un corps humain, presque comme une personne. Sa main tremble en ouvrant la porte, comme la porte du château noir.

La femme derrière le guichet vitré n'a pas encore remarqué son arrivée. Que l'étranger était arrivé. Demain mondialement célèbre, aujourd'hui rien.

Les murs de la pièce sont blanchis à la chaux, la lumière du néon impitoyable et nue. Normal.

C'est la règle numéro un. Entrer ici, c'est se soumettre nu à l'impitoyable. Enlevez à un homme ses vêtements, il finira par trouver la mort miséricordieuse.

Quelques-unes des personnes alignées sur des chaises contre le mur sont des autochtones. D'autres des touristes, des Scandinaves aux cheveux blonds et à la peau brûlée, des blondes hébétées aux yeux bleus, deux femmes et un homme. Ils le regardent comme s'il était docteur ou attaché d'ambassade, comme s'il venait les aider. Tous les autres restent les yeux dans le vague. Les Scandinaves n'ont pas de blessures apparentes. Probablement un vol à la tire. Chaque fois le même étonnement, la même naïveté.

La femme derrière le guichet fait un geste las en direction des chaises. Pas d'inscription, pas de nom.

Un policier en uniforme noir sort d'une pièce voisine du guichet. Son visage n'exprime rien. C'est juste un soir ordinaire de sa vie. Il consulte un document puis relève les yeux.

« Señor Barajas ? »

Un homme d'une soixantaine d'années se lève péniblement et suit le policier. La porte se referme derrière eux.

Une vieille femme dort, bouche ouverte, à moitié assise. Un homme d'un certain âge en costume élimé est secoué d'une toux creuse. C'est la mort, cet endroit est mort, rien ne va se passer ici, rien.

Dehors, les cigales chantent, le bruit pénètre par les fenêtres ouvertes. La nuit toute fraîche entre et se mêle à la lumière nue. C'est ce genre d'obscurité qui rend aveugle. Il se lève et s'en va.

146

Aitor Usetxe est assis dans un fauteuil de cuir. La pièce est éclairée par un halogène et par une lampe qui pend en travers de la promenade de la plage, au niveau du balcon.

Il fume un cigarillo, la fumée flotte dans la pièce.

On aperçoit un autre homme près du mur. Aitor fait un geste et l'homme sort par une porte qui ne laisse entrer aucune lumière quand il l'ouvre.

On entend le ressac au-dehors, on ne doit pas être loin de la mer. Les vagues roulent tout près, comme prêtes à déferler sur la maison.

« Puis-je vous faire apporter quelque chose ? Une tasse de café ? Un peu plus d'eau fraîche ? Un verre de vin, peut-être ? »

La femme assise en face de lui secoue la tête. Un verre d'eau est posé devant elle. Elle s'est changée, a quitté sa tenue de plage.

« Je veux appeler mes enfants, réclame-t-elle. C'est tout ce que je veux pour le moment.

– Naturellement.

– Je veux les appeler maintenant.

– Je vais vous trouver un téléphone. »

Mais il ne bouge pas. Elle regarde vers le balcon. Les rideaux bougent, le vent s'est levé et le ressac est plus fort.

Il ne bouge toujours pas, le seul mouvement dans la pièce est celui de la fumée.

Il y avait un néon au-dessus de la façade, AVIS. Il y est entré d'un coup et le voilà en train de rouler vers l'ouest le long de la côte. Tout se confond, tout se compresse. Il roule vite, sur la file de gauche, tout le temps sur la file de gauche.

C'est près de l'eau, elle éclabousse ses pieds, la septième vague recouvre ses sandales. Il est en short et chemise de lin, le vent est chaud. La mer est chaude dans ce petit golfe, cette crique, comment l'appeler, le débarcadère, le lieu de livraison.

C'était là.

Ses mains dans le sable. Il les referme et jette une poignée de sable vers la mer.

En fermant les yeux, il voit les silhouettes, il entend les cris, et les coups de feu, il entend les coups de feu au-dessus du sable.

Il voit un homme courir dans le sable, il vient de la plage, il s'enfuit. Le bruit s'atténue tandis que l'homme court, il entend de plus en plus faiblement ce qui se passe derrière lui, il finit par ne plus entendre que sa propre respiration. La lune brille au-dessus de sa tête. Pas le soleil. C'était la lune. Une voiture l'attendait derrière les dunes, sur le chemin étroit qu'il y avait à l'époque. Il n'existe plus. Il avait sauté à l'arrière et s'était couché sur le plancher. La voiture avait démarré en trombe et disparu. Les feux de position de plus en plus petits à mesure qu'elle s'éloignait. Le ciel était immense, bientôt le bleu de l'aube. Son visage était éclairé par le clair de lune.

Certains devaient garder ce souvenir de lui.

Il avait vu l'avion atterrir, ses feux de position clignoter là-haut comme des étoiles rouges. Il voyait ceux de la voiture qui l'avait emmené loin de la plage. La plage de la mort, la plage de la trahison, de la justice, de l'injustice. Politique, tout n'était que politique et jamais politique, l'amour,

148

il y avait aussi l'amour. Les deux allaient toujours de pair.

Il avait fermé les yeux et pensé à l'avenir. Il ne regarderait plus en arrière, plus jamais.

À l'aube, la voiture s'était arrêtée quelque part. On l'avait conduit dans le hangar.

Dans une pièce, un homme lui avait tendu un passeport.

Il avait volé, volé vers des cieux amis.

Il était rentré.

Il était devenu un autre.

Rita lui avait souri.

Elle avait ôté son voile de mariée alors qu'il était couché sur le lit.

Une promenade avec la poussette.

Une photo où il porte un carton dans une maison, un camion à l'arrière-plan, un camion de déménagement.

Rita rit devant une table mise, tout le monde rit, il rit, toute la lumière qu'on voit est chaude.

Des discussions dans le nouveau bureau, lumière blanche partout, tout est neuf.

Magda et Isa rient tandis qu'il les balance dans une double nacelle.

La famille prend le petit déjeuner.

Laïka au soleil sur le perron.

Il reçoit une enveloppe de DHL.

9

Il gare sa voiture de location dans la pente, serre le frein à main, sort dans la chaude soirée. Un parfum de mer et d'étoiles. Les palmiers autour de l'église se balancent doucement dans la brise du soir. Tout est comme au paradis, tout semble comme au paradis.

Sa tête chante tandis qu'il traverse la place.

Il y a peu de clients. Personne ne fait attention à lui.

John Österberg lève les yeux de derrière le bar. Un homme travaille à côté de lui, un barman que Peter n'a jamais vu, quelqu'un d'ici. Des bouteilles pendent au mur derrière eux, il ne l'avait pas encore remarqué, des bouteilles qui pendent corde au goulot, un tas de bouteilles attachées, des bouteilles pendues.

Il s'approche du bar. Un couple assis deux tabourets plus loin ne regarde pas dans sa direction, personne ne regarde dans sa direction.

« Qu'est-ce que je t'offre ? dit John. Une bière ? Tu as l'air d'avoir besoin d'une bière.

– J'ai besoin de te parler.
– Je t'écoute.
– Pas ici. »

John jette un coup d'œil à l'homme à côté de lui. Il n'écoute pas, il presse des citrons. Le couple de l'autre côté du bar parle devant deux verres à moitié pleins, vin rouge et vin blanc. Le verre de rouge est devant la femme. C'est bizarre, comme une scène inversée, normalement, au bar, les femmes prennent du vin blanc, pas rouge. Il y a quelque chose qui ne colle pas ici, au Bar Azul. Ces gens au bar n'ont jamais eu l'intention de boire, ils n'ont pas touché à leur verre, ils ne sont pas ici pour boire.

John fait un geste vers la porte de l'arrière-boutique, à côté du comptoir.

Il s'adresse au barman. Peter n'écoute pas, il regarde le couple. La femme le voit. Elle glisse quelque chose à l'homme qui lui fait face. Ne te retourne pas, dit-elle, pas maintenant, pense Peter.

John ouvre la porte, ils entrent dans une pièce sans fenêtre. Des cartons, des cageots et des emballages s'empilent le long des murs dans la pénombre. Il fait frais ici, la sueur se transforme en perles de glace. *Perles de glace*, pense Peter, c'est beau, non ? Comme *pluie de soleil*.

Au centre de la pièce, une table et deux chaises.

Des papiers s'empilent sur la table, des formulaires, des classeurs.

Les papiers ont l'air de se mettre à bouger, comme s'ils s'envolaient, ou alors c'est la table qui s'envole. Il ne distingue plus bien le sol du plafond, tout commence à tourner autour de lui, comme s'il était assis sur un tourniquet, un tourniquet comme celui du terrain de jeu quand il était enfant, qui tournait, tournait. La sueur perle à son front. Il essaie d'avancer jusqu'à la table et de s'asseoir, essaie de descendre du tourniquet, essaie de sauter en marche.

Une main attrape son bras. Il ne sait pas si c'est le gauche ou le droit.

« Dis donc, c'est pas la forme, mon ami. »

John l'aide à s'asseoir. Le monde tourne de plus en plus lentement, puis arrête de tourner.

« Rita a disparu, annonce-t-il. Ma femme, Rita.

– Comment ça, disparu ?

– Disparu ! »

Il ne peut pas le dire autrement. John doit bien comprendre.

« Qu'est-ce qui s'est passé ?

– Je ne veux pas ! Je ne veux pas faire ça ! Je ne peux pas !

– Essaie de te calmer. Attends. »

John ressort de la pièce.

Il revient avec un verre de cognac.

Peter boit et tousse.

« Elle n'est plus là ?

– C'est... c'est ce que je te dis ! »

Il tousse encore.

« Comment le sais-tu ?

– Pas de mess... de message. Elle a disparu, c'est tout.

– Qu'est-ce que tu ne veux pas faire ?

– Le descendre !

– Descendre qui ? »

Peter ne répond pas. Comme s'il ne savait pas de qui il parlait. Il sait le nom, mais c'est tout. John le connaît déjà. Ou peut-être pas ?

« Je ne suis pas bien, dit-il.
– Oui, je vois ça.
– Il est temps de partir d'ici.
– D'où ? Du bar ?
– Oui.
– Ta femme, elle a disparu quand ?
– Hier, je crois. Ou aujourd'hui ?
– Comment sais-tu qu'elle a disparu ?
– Je le sais.
– Tu l'as signalé à la police ?
– J'ai essayé. Pas eu la patience.
– Tu veux que je t'aide ?
– Tu as des contacts dans la police ?
– Comme n'importe quel propriétaire de bar suédois.
– Qu'est-ce que ça veut dire ?
– Bureaucratie. »

Peter tente de se lever. Il y parvient à moitié, mais doit se rasseoir.

« Pourquoi ? demande John.
– Pourquoi quoi ?
– Pourquoi a-t-elle disparu ? »

Peter ne répond pas. Il ne sait toujours pas à qui il parle. À quel camp. Il ne sait pas combien il y a de camps.

« Tu as vu Aitor ? demande John. Depuis que tu es revenu ?
– Non.
– Je ne te crois pas.
– Pourquoi le revoir maintenant ?
– C'est le seul qui me vient à l'esprit. Qui pourrait inventer ce genre de trucs. »

Peter ne dit rien. Il tente à nouveau de se relever.

« Et elle, bien sûr, ajoute John.

– Oublie-la.

– Et toi, tu l'as oubliée ? »

Peter ne répond pas. Il ne sait pas quoi oublier. Pour l'heure, il ne sait pas quoi, ni si c'est important. Si l'oubli est important.

« Qui peut l'oublier ? dit John.

– Visiblement pas toi.

– Si tu ne m'en dis pas plus, je ne peux pas t'aider.

– Veux-tu m'aider ?

– Tu dois avoir plus d'une raison d'être venu ici.

– Comment savoir si je peux te faire confiance ?

– Mais je suis suédois, merde !

– Haha.

– Tu as peut-être été un salaud la dernière fois, mais il y avait pire, dit John.

– Qui, par exemple ?

– Quelle importance ?

– Ma femme a disparu.

– Et je suis censé deviner qui l'a enlevée ? Si c'est ce qui s'est passé.

– Oui.

– Impossible.

– Essaie.

– C'est un vrai merdier, ici, aujourd'hui. Ça peut être n'importe qui.

– Fais un effort.

– Bon, faute de mieux, je dirais Aitor.

– Merci.

– Et qu'est-ce que tu vas faire, maintenant ?

– Rentrer à l'hôtel. Quelqu'un se sera peut-être manifesté.

– Elle-même, hasarde John.

– On peut toujours espérer », dit Peter en se levant. Il tient sur ses jambes. Plus rien ne bouge autour de lui, juste ses pieds quand il se dirige vers la porte.

« Personne ne lui fera de mal », le rassure John.

On dirait qu'il sait. Comme s'il contrôlait à qui on fait du mal et à qui on n'en fait pas.

Peter se retourne.

« Tu es au courant, John ?

– J'espère, c'est tout. C'est parfois aussi important que de savoir. »

Peter franchit la porte. Il passe devant le bar. Le couple y est toujours assis. Les verres sont toujours là, mais le metteur en scène les a permutés. Quelqu'un a vu l'erreur. Mais lui le premier. Il l'a vue. Le barman lui fait un signe de tête au passage. Il ne sait pas combien de temps il est resté là-dedans. Un quart d'heure, quinze jours.

Un téléphone sonne. John cherche sous les piles de papiers sur la table. John répond, c'est un vieux téléphone, du bon vieux temps.

« Oui. Non. Oui, dit-il en espagnol dans le combiné. Je ne sais pas. Je crois qu'il rentre directement à l'hôtel. Oui. Non. Non. »

Aitor lui avait montré les zones de débarquement le long de la côte, vers l'ouest. Aitor était toujours habillé comme un propriétaire de boîte de nuit. Jeune homme, il était déjà snob. Ou peut-être était-ce autre chose.

Pas question d'avoir l'air d'un clochard. Comme toi, un clochard suédois.

Et pourtant tu veux bien de moi.

Il y a de la place pour tout le monde.

155

Ils avaient roulé de nuit sur la vieille route. Il entendait le grondement de la mer. Il comprenait la puissance terrible de la mer.

Tu sens l'excitation ? demanda Aitor.

C'est pour ça que tu le fais ?

Il n'y a rien comme cette excitation, dit Aitor. Rien.

Pourtant, il ne va rien se passer cette nuit ?

L'excitation est toujours là, affirma Aitor. Dès lors qu'on a commencé.

Ils s'arrêtèrent sur une plage, au milieu de la plage. Elle n'était pas grande, juste une crique. C'était la pleine lune, tout était d'or ou d'argent sur la plage. Il n'y avait qu'à se servir.

Demain soir, décida Aitor. Ici.

Il montra de la tête une maison à une cinquantaine, une quarantaine de mètres. Elle semblait déserte. Le clair de lune caressait tous ses recoins.

On pourra se reposer là après.

Elle est à toi ?

Maintenant, oui.

Elle a l'air inhabitée.

Seulement quand il n'y a personne.

Tout est prêt, alors ?

Comment ça ?

Pour la nuit prochaine ?

Naturellement.

Est-ce que quelqu'un a déjà été blessé ?

Non.

Je ne te crois pas.

Ce n'est pas notre truc. Blesser les gens, très peu pour nous.

Et les bombes alors ?

Nous prévenons toujours. Tout le monde le sait. Personne n'est blessé. Si quelqu'un est blessé, ce n'est pas nous qui avons fait le coup.

Qui est-ce, alors ?

La police.

La police fait des attentats à la bombe contre la population ?

Qui d'autre, sinon ? C'est l'Espagne, ici, n'oublie jamais ça.

La vie nocturne bat son plein quand il traverse les faubourgs de la vieille ville et continue sur l'*Avenida*. Les rires battent leur plein, les cuites aussi. Les touristes dansent sur le trottoir comme si c'était le dernier soir du dernier jour. Dans les ruelles, les putes se baladent avec les chaussures de leurs clients, pointure 45, c'est une blague, c'est juste pour rire. Tout n'est que pour rire, Dieu nous a mis sur terre pour ça, pour rire.

Deux idiots se mettent à danser au milieu de la rue devant sa voiture, tandis qu'il rentre à l'hôtel. Il les écrase, il entend les corps craquer sous ses pneus.

Le réceptionniste le regarde entrer dans le hall, encore une histoire de bouteille de cava imaginaire ? Non, cette fois, il ne veut rien savoir. L'homme a l'air de vouloir dire quelque chose, il ouvre la bouche, lève la main. Je ne veux pas entendre. Je veux être sourd.

La porte de la chambre n'est pas fermée.

Il glisse un œil dans l'entrée sombre, il a très peur, très peur de ce qu'il va trouver.

Il la voit.

« Rita ! »

157

La lumière électrique se répand dans la pièce et éclaire son visage. Elle est assise dans l'un des deux fauteuils. Je ne m'y suis pas encore assis, pense-t-il, je n'ai pas eu le temps de m'y asseoir. Depuis quand sommes-nous ici ?

« Rita ! »

Elle a l'air de ne pas entendre, comme si elle était sourde, comme s'il n'était pas là, comme si elle n'existait pas.

« Rita. »

Il se précipite dans la pièce, dans la lumière artificielle, tombe devant elle, à ses genoux, pose ses mains sur ses bras.

« Rita. »

Elle bouge la tête.

Ouvre les yeux.

Il hoche la tête, recommence. Il ne sait pas pourquoi, ses mains tremblent. Les bras de Rita tremblent. C'est peut-être lui qui les fait trembler.

« Je suis là. » Il ne trouve rien de mieux à dire. « Je suis là, Rita.

– Je suis fatiguée. J'ai dû m'endormir. »

Elle semble calme. Elle doit être droguée, ils l'ont droguée. C'est ça.

« Qu'est-ce qui s'est passé ? interroge-t-il.

– Je sais pourquoi nous sommes ici.

– Qu'est-ce que tu veux dire ?

– Je sais pourquoi nous sommes ici, Peter. Pourquoi nous sommes à cet endroit.

– Qu'est-ce qu'ils t'ont fait, Rita ?

– Qui ça, *ils* ?

– Qu'est-ce que tu veux dire ?

– J'en ai seulement rencontré un.

158

– À t'entendre, on croirait que vous êtes tombés nez à nez sur la promenade. »

Elle ne répond pas.

« C'est ce qui s'est passé ?

– Quoi ?

– Vous êtes tombés nez à nez sur la promenade ?

– J'ai été kidnappée ici », dit-elle en levant les yeux vers le mur, la porte du balcon, la kitchenette, qui sait ce qu'elle voit ? Elle semble calme, ce calme a quelque chose d'horrible, ce calme le glace, comme s'il se trouvait encore dans la pièce de l'arrière-boutique du Bar Azul.

« Mon Dieu, lâche-t-il.

– Quand nous nous sommes rencontrés, il s'est présenté comme une de tes anciennes relations d'affaires.

– Relation d'affaires.

– Comme d'habitude, tu répètes ce que je dis.

– Qui c'était ?

– Il n'a pas révélé son nom. »

Peter ne répond pas.

« Il a dit que de toute façon tu savais qui il était.

– Je ne sais rien du tout.

– Il parlait bien anglais. Mieux que moi, en fait.

– Rita...

– Oui ?

– Qu'est-ce qui s'est passé ?

– Exactement ce que je t'ai dit. »

Du bar de la piscine en contrebas, des bribes de musique entrent par la fenêtre ouverte du balcon. Un éclat de rire au moment où quelqu'un plonge dans la piscine. C'est interdit, pense-t-il, interdit

159

de plonger dans la piscine la nuit tombée, interdit de rire la nuit tombée.

« C'est lui qui nous a forcés à venir ici, Rita. »

Elle se lève du fauteuil. Il laisse retomber ses bras sur le tissu, il sent le poids de ses bras. Il se retourne tandis qu'elle fait quelques pas et se retourne à son tour. La bonne femme au bord de la piscine rit à nouveau. Il pourrait descendre et la noyer, ça ne prendrait que quelques minutes. Rita resterait ici avec ses secrets, c'est son secret à présent, c'est aussi son secret.

« Pourquoi tu ne m'as rien dit ? Je suis ta femme.

– Je n'avais pas le droit.

– Mais j'ai fini par savoir. Par lui.

– C'est parce que je ne voulais pas. Alors ils sont allés te chercher.

– Tu ne voulais pas quoi ?

– Ce... ce qu'ils veulent que je fasse. Il ne t'en a pas parlé ?

– Non.

– Qu'est-ce qu'il t'a dit, alors ?

– Que tu l'avais trahi autrefois. Que tu avais fait quelque chose d'immoral. Que ça lui avait coûté ses meilleures années. Que tu allais devoir y goûter à ton tour, mais juste un petit peu. Que c'est pour ça que nous sommes là.

– Y goûter, à quoi ?

– Je te le demande, Peter.

– C'est une menace.

– Contre toute la famille ?

– Oui. C'est pour ça que tu es ici avec moi.

– Tu aurais pu me raconter. C'était... criminel de ne pas me raconter.

160

– Maintenant, je n'ai plus besoin. C'est fait.
– Tout, Peter. Tu dois tout me raconter. »
Un plouf dans la piscine, la femme ne s'est pas encore noyée, ce serait une bonne façon d'achever l'*happy hour* du soir, ce serait une leçon.
« Que s'est-il passé alors, quand tu étais ici, quand tu étais jeune ? Et qu'est-ce qu'il veut que tu fasses ? Et pourquoi ? »

Dans la voiture de location, ce matin, il est comme coupé du monde. S'il baisse la vitre, la chaleur est immédiate. Rien ne pousse par ici, toute l'eau a été détournée vers les terrains de golf de la Nueva Andalucía. Ici, il n'y a que des pierres et la chaleur.
La route dans la montagne est comme un serpent noir dans le désert. Elle conduit vers la tête, là où est le venin, songe-t-il, c'est là qu'on le trouve. Il regarde ses lunettes noires dans le rétroviseur. Dans le rétroviseur, il voit la ville comme un mirage blanc, qui se dissout peu à peu à mesure qu'il roule. Là-bas la vie, ici la mort. Au bout de la route, la mort.
Pourquoi ont-ils choisi de vivre ici, pourquoi choisir ce désert mort pour y vivre ? Peut-être pour montrer qu'ici aussi on peut créer la vie. Montrer qu'il peut y avoir d'autres couleurs ici aussi, des couleurs vertes, pour montrer qu'on a du pouvoir et de l'argent.
La maison se rapproche. Elle est plus grande que vue depuis la falaise, beaucoup plus grande. Le portail métallique est fermé quand il passe devant. Personne de l'autre côté. C'est comme un parc fermé.

161

La route serpente encore un kilomètre, puis se transforme en couloir de poussière à un croisement où des pistes bifurquent à l'est et à l'ouest, comme les branches d'un arbre desséché. Des pistes poussiéreuses. On n'a pas goudronné plus loin. Il fait demi-tour, face à la cime blanche de la montagne. Il est ébloui malgré ses lunettes de soleil. La neige et le soleil, c'est à ce mélange puissant que j'aspirais quand je suis parti d'ici.

En redescendant de la montagne, il voit la petite fille derrière la clôture. Elle salue de la main sur son passage, salue comme une fillette dans une ville du désert quand passe, sans s'arrêter, l'unique train de la journée. Salue jusqu'à ce qu'il ait disparu. Salue.

10

La place est calme. Il se penche sur le volant.
C'est calme dans sa tête, juste un faible murmure,
comme quand on colle un coquillage à son oreille.
La mer. Il ne pourra jamais plus fuir le murmure
de la mer.

Il lève la tête du volant. Un homme sort du
Bar Azul, de l'autre côté de la place. C'est John
Österberg. Il ne voit pas Peter, dans l'ombre. Toute
la rue est noire. Peter suit John du regard. Il le
perd de vue en bas de la pente. Pas d'autre mouvement sur la butte. C'est l'heure de la sieste dans
la vieille ville.

Il descend de voiture et traverse la place.

Il est dans le bar. Seul. On entend du bruit dans
l'arrière-boutique. Des bouteilles entrechoquées.
Il regarde autour de lui, reste debout, écoute. Il
ferme les yeux, très longtemps.

De derrière le comptoir, elle lui adressa un sourire. Grand, chaud. Il était assis face à elle. Elle
se pencha et lui caressa la joue. Ses yeux !

Je crois que je peux réparer la voiture, dit-il. On peut filer à Ronda. Aller et retour.

Pourquoi pas Grenade ?

Il rit.

Avec cette voiture ?

Pourquoi parles-tu anglais ? demanda-t-elle. Tu dois parler notre langue. Au moins l'espagnol. Tu peux apprendre. Tu es bête, mais pas si bête.

Il y a plusieurs façons d'apprendre, rétorqua-t-il en lui passant la main dans les cheveux.

En español, por favor.

Il rouvre les yeux. Le souvenir disparaît. Il a entendu quelqu'un sortir de l'arrière-boutique. C'est l'assistant de John. Il porte un carton. Il hoche la tête, ne semble pas surpris, pose son carton.

Peter le reconnaît à présent. C'est Iker. Iker Aurtenetxe.

Le tueur.

Chaque groupe a besoin d'un tueur. Chaque club, chaque association. Quelqu'un doit prendre les devants quand les autres hésitent.

« Iker, dit-il, mais c'est toi ?

– C'était moi depuis le début.

– Alors comme ça tu travailles ici ?

– Apparemment.

– Pourquoi tu n'as rien dit avant ?

– Pas mon affaire.

– Quoi, pas ton affaire ? »

Iker se contente de secouer la tête. Il commence à ranger les canettes de bière du carton dans un réfrigérateur derrière le comptoir.

« Combien savent que je suis ici, Iker ? »

164

Iker s'arrête en plein mouvement.

« Qu'est-ce que tu veux dire ?

– Combien savent que je suis de retour ?

– Impossible de le dire. Comment pourrais-je répondre à ça ?

– Tu vois Aitor ?

– Pas si je peux éviter.

– Il est sorti.

– Si tu le dis.

– Tu es forcément au courant.

– Il faut partir, Svante. Partir d'ici.

– Je ne m'appelle plus Svante. »

Iker fait un geste de la main. *Whatever*.

« Et comment va Ainhora ? Tu vis toujours avec Ainhora ? »

Iker se fige. Il pose une canette de San Miguel sur le comptoir. Il lève la tête et regarde Peter dans les yeux.

« Oui, je vis avec Ainhora.

– J'en suis ravi, Iker. »

Ils étaient partis à bord de la vieille 2 CV, la capote déroulée. Il conduisait. La tête passée par le toit ouvrant, elle avait crié vers la mer. Un cri de joie. La Citroën était jaune, jaune citron.

Elle riait à présent, face au vent.

Ses longs cheveux flottaient comme un vent noir.

Il riait.

En avant pour Ronda ! s'exclama-t-il. Et qu'on ne revienne jamais !

Pas dans cette voiture !

Dans aucune voiture !

Ils trouvèrent un petit *hostal* près des arènes.

Ils firent l'amour pendant l'après-midi, le long après-midi.

Les murs blanchis à la chaux étaient nus, tout était nu dans la chambre fraîche. Un crucifix pendait au-dessus du lit. C'était la seule décoration de la chambre, pensa-t-il. Avec elle.

Je t'aime, dit-il.

Comment on dit en suédois ?

Et il le dit.

Iker Aurtenetxe pose le carton par terre. Il reagerde Peter en face.

« J'ai changé, affirme-t-il.

– Moi aussi.

– Je n'en suis pas si sûr.

– Qui étais-je, avant ?

– Je ne sais pas bien non plus.

– Je ne suis pas là de mon plein gré.

– Je sais.

– Qui te l'a dit ? John ?

– Non.

– Ça doit être Aitor.

– Non. Je n'ai rien à faire avec Aitor.

– Il n'y a personne d'autre », dit Peter.

Iker pose une main sur son épaule.

« Je vais prier pour toi. »

Il s'attarde au Bar Azul. Iker a de nouveau disparu. John n'est pas revenu. Le local est vide, il n'a pas encore ouvert, même si tout cela est relatif. Celui qui a soif entre se rafraîchir à l'ombre. Il pourrait se servir une pression, il sait faire.

Il aperçoit son visage dans le miroir à côté des bouteilles. Il a l'air plus jeune, quinze ans plus jeune, à l'époque. Il voit un autre visage à côté du sien. Jeune aussi, c'est à l'époque, à l'origine de cette histoire. Il est de retour, il revient toujours.

Cette fois-là, il était en civil. Jesús. Ils étaient au Bar Azul. Il n'y avait personne d'autre dans la pièce. Pourquoi n'y avait-il personne d'autre ? Où était John ? John devait savoir. Combien savaient ? Pourquoi avait-il pris un tel risque ? Tout le monde savait ? Quelle importance ?

Jesús se pencha au-dessus de la table. Un chuchotement.

C'est simple. Oui, ou non.

J'ai le choix ?

Non. En fait non.

Et si je dis non ?

Les prisons espagnoles ne sont pas très sympathiques.

Alors je suppose que la réponse est oui.

Bonne réponse.

Et que va-t-il se passer... après ?

Ne t'inquiète pas pour ça. Fais juste attention à toi.

Il y aura des blessés ?

J'espère que non.

Ils vont être blessés. Pire peut-être.

Non. Nous agirons très vite.

Jesús regarda le traître.

Et toi aussi, dit-il.

C'est alors qu'elle était entrée dans la pièce, dans le bar. Ils s'étaient retournés, tous les deux en même temps. Étaient-ils vraiment assis face à face ?

167

Elle traversa rapidement le local désert. Les chaises n'étaient-elles pas retournées sur les tables ? Les chaises étaient sur les tables. Ça devait être dans la matinée. Fin août, début septembre. La saison la plus chaude.

Elle posa la main sur son épaule. Il l'avait sentie, comme une consolation, un frais rappel d'amour. De liberté. De vie, peut-être. Oui.

J'ai été retenue, dit-elle.

Jesús s'était levé, et incliné comme un *caballero*.

Bonjour. Mon nom est Jesús.

Bonjour. Je suis Naiara.

Jesús est un ami, avait-il précisé.

Elle avait hoché la tête et était partie. Dans l'arrière-boutique.

Qui est-ce ? avait demandé Jesús.

Naiara.

Oui, j'ai entendu. Mais qu'est-ce qu'elle fait ici ?

Je ne comprends pas ce que tu veux dire.

Qu'est-ce qu'elle fait ici ?

Elle travaille ici.

Je ne l'ai jamais vue. Elle n'est pas d'ici. Elle est du nord. C'est une *vasca*.

Vraiment, je n'en sais rien.

Elle vient du Pays basque.

Et alors ?

Jesús avait ri, un rire brusque et brutal.

C'est ta petite amie, hein ?

Jesús parle dans un meeting, plaza de la Iglesia. Il est debout sur une estrade provisoire. C'est une campagne, la campagne des municipales. Derrière la scène, le mur de briques est entièrement couvert de bougainvilliers. Jesús tient un micro. Il paraît énorme dans sa main. On dirait autre chose qu'un micro.

Naiara aussi est sur scène, à seulement quelques mètres de Jesús. Elle sourit parfois.

Deux gardes du corps placés de part et d'autre de la scène surveillent le public de derrière leurs lunettes noires.

Peter est au milieu de la foule. Il n'a pas entendu ce qui se disait sur l'estrade, il n'écoutait pas. À présent, il écoute :

« ... et c'est un droit absolu de se sentir en sécurité là où l'on vit. En sécurité ! À l'abri du terrorisme infâme qui frappe à nouveau notre pays. Et aujourd'hui notre propre côte ! »

Jesús se déplace sur scène, change son micro de main.

« Il y a des individus qui refusent de vivre selon les lois que nous autres devons suivre. Qui méprisent les valeurs morales et humaines nécessaires pour le fonctionnement d'un pays. Pour qu'une ville soit un havre de paix ! Et c'est une telle ville que je vous garantis ! Ma ville, votre ville, la ville nouvelle ! Le havre de paix ! La plage sûre ! La plage ouverte ! La plage ouverte à la bonté ! »

Jesús marque une pause théâtrale. Il se tourne vers Naiara qui hoche la tête et lui sourit. Il sourit lui aussi. Il se tourne à nouveau vers le public.

« Moi maire, les terroristes sur cette côte pourront rentrer sous terre ! Moi maire, les contrebandiers de cette côte devront aller voir ailleurs ! Fini le trafic de clandestins, fini le trafic d'armes, fini le trafic de drogue ! Une ère nouvelle commence ! Merci ! »

Autour de Peter, on applaudit très fort.

Il applaudit lui aussi. Impossible de rester les mains dans les poches. Il applaudit de plus en plus fort, le regard fixé droit devant lui. Il pourrait se dire que Jesús, après avoir été chef de la police pendant des années, aurait déjà dû en finir avec toutes ces horreurs de la Costa del Sol, mais il ne pense pas en ces termes.

Il y avait quelque chose dans ses yeux. Ou bien était-ce ses mouvements, sa façon de bouger les bras, la tête. Des détails qui révèlent tout à celui qui y prête attention.

Quelque chose avait changé.

Une nuit, elle n'était pas venue.

Bordel, où est Naiara ? s'impatienta Aitor alors qu'ils roulaient vers la crique. Il se retourna dans la voiture, comme si elle allait arriver en courant derrière eux.

Le lendemain, elle dit qu'elle avait eu mal au ventre au dernier moment.

Comme par hasard, dit Aitor, qui portait une cravate en soie et un léger pantalon d'été. Personne n'aurait pu soupçonner qu'il avait porté des caisses la moitié de la nuit.

Ils étaient attablés dans un bar de San Pedro de Alcantara, devant des *berberchos*, *boquerones*, *caracoles* et *hígado* qu'Aitor était le seul à manger.

Soudain, il s'était senti mal. Pas à cause du foie poêlé dans l'assiette d'Aitor.

« Ça va, Berger ?

– Oui. »

Le soleil était à son zénith.

Ses yeux à elle étaient perdus ailleurs, peut-être à l'autre bout de la Costa del Sol, vers Gibraltar.

C'était le début de la fin. C'était là que tout avait commencé, à midi à San Pedro.

Peter et Rita sont au bar de l'hôtel. Leur table est à quelques mètres de la piscine. Personne ne se baigne. C'est la mi-journée, les ombres sont courtes. Ils sont sous un large parasol. Un verre de vin et une bière attendent sur la table.

« Que va-t-il nous arriver ? demanda-t-elle.

– Qu'est-ce que tu veux dire ?

– Après ça. Qui vas-tu devenir ? Une autre personne, à nouveau ? Un autre nom ? Un autre... masque ?

– Je t'en prie, Rita.

– C'est une question importante.

– Nous allons d'abord partir d'ici. C'est le plus important de tout pour le moment.

– Je croyais savoir qui tu étais. Et qui tu avais été. Mais finalement rien de tout cela n'existe plus. Même ton nom n'existe plus. Et c'est aussi le mien. Mais ce n'est pas ton vrai nom. Il est faux.

– Bordel, Rita.

– Comment tu t'appelais, avant ?

– Aucune importance.

– Je veux savoir. Ton nom de famille, avant ?

– Berger.

– Berger ?

– Oui. »

Elle contemple le massif montagneux derrière sa tête. La montagne blanche derrière sa tête.

« Un nom parfait pour ici ! constate-elle.

– Je ne veux pas m'en souvenir.

171

– Berger, la montagne ! » dit-elle avec un geste en direction du paysage. Un serveur assis à l'ombre près du bar se lève.

Le serveur s'approche de la table. Peter secoue la tête et le chasse de la main.

« Mais je veux un autre verre », proteste-t-elle.

Elle se tourne vers le serveur.

« *Un... un vino, por favor.*

– *Lo mismo, señora ?* »

Rita regarde Peter.

« Tu veux le même ? Le blanc sec ?

– Oui. »

Il se tourne vers le serveur.

« *Sí. Lo mismo. Seco.* »

Il suit des yeux le serveur qui retourne vers le bar. Il se tourne vers Rita.

« Les noms ne veulent plus rien dire, à présent.

– Je n'en suis pas si sûre.

– Comment ça ?

– Cet homme que tu dois... abattre. Son nom est Montañas.

– Montañas. »

Le serveur revient avec le verre de vin de Rita. Il le pose devant elle et s'éloigne.

« Montañas. Même moi, je sais que ça veut dire montagne. »

Elle fait un nouveau geste de la main vers le massif derrière Peter. Il sursaute quand un enfant plonge dans la piscine.

« Vous portez le même nom, continue-t-elle. Et tu prétends que ça ne veut rien dire ? »

11

Rita et Peter sont allongés chacun sur leur chaise longue. Le soleil projette de longues ombres quand quelqu'un passe sur la plage. C'est toujours la chaleur de l'après-midi, la chaleur de la fin d'après-midi.

Ils sont du côté de la promenade, moins près de la mer cette fois.

Il se redresse. La mer scintille à perte de vue. Des mouettes passent et repassent, sans fin.

Il se penche.

« Comment ça va, Rita ?

– Pas terrible.

– Tu peux aller piquer une tête si tu veux. Je reste ici.

– Pas maintenant. »

Elle n'a pas ouvert les yeux.

« Laisse-moi tranquille, s'il te plaît. »

Un vendeur de plage passe sans rien dire et se dirige vers sa petite camionnette, garée à une dizaine de mètres.

Un ballon roule sous la chaise longue de Peter. Il se baisse et le renvoie à la femme qui a quitté le terrain de volley pour venir le chercher.

« *Gracias*, dit-elle.

– *De nada*.

– *Hasta luego*. »

Il hoche la tête. Elle aussi, puis s'en va.

La partie reprend. Il observe les joueurs. Ils peuvent jouer dix heures d'affilée. Il aimerait faire partie de leur bande. Que toute la vie ne soit qu'un jeu sans importance.

Le vendeur est à présent derrière sa camionnette. Il regarde en direction du couple étendu sur les chaises longues. Peter est toujours assis au soleil. Il porte des lunettes noires et fixe le vendeur, qui fait un imperceptible mouvement de la tête. Peter tourne les yeux. Il regarde vers l'ouest. Deux silhouettes se déplacent dans la brume de soleil à environ deux cents mètres. On ne distingue pas leurs visages, mais il comprend que les deux silhouettes courent sur les tapis étroits qui traversent la plage.

Comme ils approchent, il reconnaît Jesús et un de ses hommes en train de faire leur jogging sur la plage, en short et T-shirt, pas de costumes cette fois, pas de rêve. Jesús dit quelque chose que Peter ne peut pas entendre, mais il voit sa bouche bouger, l'autre homme rire. Peter le reconnaît lui aussi. On est en forme à force d'être au service de Montañas, et il a l'air de prendre plaisir à cet entraînement.

Peter porte toujours ses lunettes noires.

Jesús a pris la tête. Il approche, il court sur le tapis qui passe devant leurs chaises longues.

Rita s'est redressée. Les deux joggeurs ne sont plus maintenant qu'à vingt mètres. Ils obliquent dix mètres avant eux et continuent sur la plage vers l'est.

Ils atteignent le vendeur, toujours debout près de sa camionnette. Il les regarde. Il se tourne à nouveau vers Peter. Les coureurs poursuivent devant deux bateaux de pêche ouverts, d'où sort de la fumée. Des flammes jaillissent de l'intérieur des bateaux, où l'on fait griller des sardines en longues brochettes. La fumée virevolte autour des coureurs et se mêle à la brume de soleil de l'après-midi.

Le vendeur s'installe au volant de sa camionnette et remonte sur la promenade par une rampe un peu plus loin. Il dépasse la maison à deux étages le long de la promenade.

Caché par les rideaux, un homme le suit des yeux.

Il suit aussi Rita et Peter, qui s'apprêtent à quitter la plage. Ils secouent le sable de leurs vêtements, l'ôtent de leurs sandales.

Ils gagnent l'escalier qui monte à la promenade.

« Ça marche », dit l'homme qui les observe.

Une autre voix murmure quelque chose de presque inaudible dans son dos. Mais il entend, et répond :

« Non, non. C'est allé trop loin.

– Demain, alors ? s'enquiert la voix à l'intérieur de la pièce.

– Oui. Demain. »

Peter est seul à la terrasse d'un bar, dans la vieille ville. Devant lui, une bière. Il regarde les

175

touristes flâner autour de lui sur la plaza de los Naranjos. Il se lève et rentre dans la pénombre du bar.

« Les toilettes, s'il vous plaît ? »

Le jeune barman lui indique une porte.

Rita est seule dans un bar, près de l'hôtel. Devant elle, un café. Son portable sonne, un signal discret.

Elle décroche.

« Oui. Oui. Je comprends », dit-elle.

Peter est ressorti du bar. Il marche dans l'ombre le long des façades sans âge de la vieille ville. Il est seul dans la rue. Son portable sonne, il décroche, écoute.

« Oui. Oui. Je comprends », dit-il.

Rita entre dans sa chambre d'hôtel. Sans craindre qu'un étranger soit là à l'attendre. Je n'ai pas peur, pense-t-elle. Pas de ça.

Elle se change rapidement. Un courant d'air filtre par la porte du balcon. Presque frais, comme s'il avait fait tout le voyage depuis la Scandinavie.

Quelqu'un rit dans le couloir. Un rire presque heureux. Elle peine à enfiler ses bas. Ses mains tremblent. Elle est très nerveuse. Ce n'est pas la même chose que la peur. On dirait que ses pensées cherchent à s'enfuir de sa tête, d'un coup. Elle ferme les yeux, les rouvre, les ferme, les rouvre. Le courant d'air frais a disparu. Quelqu'un rit dehors, un vrai rire.

Il est plaza de la Iglesia. Là où Jesús a tenu son discours enflammé.

Là où il a parlé avec Aitor pour la première fois.

Il n'y a plus personne sur la place. Les citadins ont regagné leurs maisons, leurs cafés. Peter se tient au bout du mur de l'église, couvert de plantes grimpantes. Après quelques minutes, un jeune couple passe devant lui et disparaît dans la ruelle. Il regarde sa montre. Il se sent très nerveux, terriblement nerveux. Ses pensées tournent en rond, se répètent, comme toujours quand il est nerveux, quand il ne sait pas.

Une femme sort de la ruelle où le jeune couple s'est engagé. Elle n'est pas vieille, à peine plus âgée que le jeune couple. Plus belle.

Elle se retourne. Peter est toujours contre le mur. Ils se regardent. Il se détache du mur et s'approche d'elle.

Il est maintenant tout près d'elle. Ils ne se touchent pas.

Elle regarde son visage.

« Tu n'as pas beaucoup changé, affirme-t-elle.

– En apparence, peut-être.

– Je te croyais mort.

– Je ne suis pas mort.

– Je croyais que tu l'étais. Mort.

– Qui a dit ça ?

– Personne. C'était ce que je croyais. Que tu m'avais quittée pour toujours. C'était ce que je croyais.

– Naiara...

– Tu te rappelles mon nom, à ce que je vois.

– J'étais obligé de partir, Naiara. C'était ma seule chance.

– Tu aurais pu donner de tes nouvelles. Au bout d'un moment.

– Non.

– Pourquoi non ?

– Tu connaissais les règles du jeu, Naiara. Je devais disparaître.

– Moi aussi, je devais disparaître. »

Il hoche la tête. Ils sont seuls sur la place sacrée. Quelques pigeons picorent devant le portail en fer de l'église. C'est un endroit de paix.

« Disparaître…, répète-t-elle d'une voix traînante.

– Jesús Montañas », dit-il.

Elle hoche la tête.

« C'était ma porte de sortie, se défend-elle.

– J'ai vu à la télévision, à notre arrivée. Séville, Torremolinos.

– Je ne suis au courant de rien.

– Comment ça ?

– Je n'ai rien à voir avec ça.

– Pourquoi dis-tu ça ? Pourquoi aurais-tu à voir avec ça ? »

Elle ne répond pas.

« Je ne comprends pas, reprend-il.

– Très bien.

– Il y a quelque chose que je dois savoir ?

– Rien pour le moment, répond-elle.

– C'est quelque chose d'autrefois ? De notre époque ?

– C'était une autre vie. Un autre pays. »

Les chaises longues et les parasols sont pliés et empilés sur la playa de la Fontanilla. Le soleil se couche enfin.

Il est sur la rampe qui monte vers la promenade.

Il regarde l'endroit où Rita et lui étaient couchés plus tôt dans la journée, quand Jesús et son garde du corps sont passés en courant.

Les joueurs de volley sont toujours là, trois gars et trois filles. Leurs cris volent sur la place comme le vent. Comme un vent multicolore, songe-t-il en marchant dans le sable vers l'endroit, leur endroit spécial sur la plage.

Rita est assise droite sur le lit. Il est assis par terre, adossé au chevet.

La chambre n'est éclairée que par la lampe de nuit.

Les cigales font un bruit de vent par le balcon ouvert.

Il a un verre de whisky à la main. Il en boit une petite gorgée. C'est le médicament qu'il lui faut.

« Ça ne sert à rien, dit-elle.

– Là, si.

– Arrête de boire. »

Il pose le verre sur les dalles du sol, ça fait comme une note de musique.

« Tu as raison, admet-il. Il faut être prêt.

– Tu es prêt ?

– Non.

– Moi, je crois que je suis prête. »

Une sonnerie les réveille à l'heure du loup. Il passe les pieds par-dessus le rebord du lit pour atteindre le téléphone à l'autre bout de la table de nuit.

Il heurte du pied le verre de whisky posé à terre.

« Euh... oui, allô ? »

Une voix murmure. D'abord, il n'entend rien.

« Je n'entends pas », dit-il.

Il écoute encore.

« *Sí*, acquiesce-t-il. *Sí*. »

Il écoute encore. Son visage s'est pétrifié. Il est devenu dur comme les dalles du sol.

Rita est assise derrière lui.

C'est enfin le matin. Rita sort de l'hôtel et monte vers la ville. Aitor Usetxe l'observe à travers la vitre fumée de sa voiture. Il fume un cigare. Son chauffeur tousse. Aitor fume de plus belle. Il a tant de vie à rattraper, tant de vie.

Rita disparaît au coin de la rue.

Aitor voit Peter sortir de l'hôtel. Il traverse la rue vers la limousine d'Aitor.

Rita longe les façades de la ruelle étroite. Les façades semblent nouvelles, nouvellement peintes, nouvellement crépies. Elle n'a jamais senti cette odeur. Ça doit être la chaux. Là d'où elle vient, il n'y en a jamais.

Un chien errant passe sans la regarder. Sa langue pend comme si c'était déjà la chaleur de midi, comme s'il allait rejoindre les Anglais fous dans la chaleur de midi.

Deux femmes âgées vêtues de noir épluchent des légumes, assises sur des tabourets devant leur porte. Les tomates brillent comme du sang dans l'ombre vive. Du sang, elle songe au sang.

Des pots de fleurs s'alignent de part et d'autre de la ruelle comme des soldats à la revue. Elle pense à un soldat, fleur au fusil. Elle a vu cette photo. N'était-ce pas ici ? C'était près d'ici, sur cette péninsule.

On entend quelque part des coups de marteau. Ils résonnent dans les ruelles, dans l'air léger. Elle a l'impression qu'ils la frappent, frappent sa tête chaque fois qu'ils résonnent dans les ruelles.

Qu'est-ce que je fais ici ? se demande-t-elle. C'est comme si elle était sortie d'elle-même, qu'elle marchait à côté d'elle et se posait la question.

Une autre question : comment en suis-je arrivée là ? Qu'est-ce qui m'a fait venir ici ? Il y a tellement de choses que tu ne comprends pas, se dit-elle, presque arrivée au bout de la ruelle. Tu ne sais pas grand-chose sur toi-même, et encore moins sur ton mari. Si tu en avais compris davantage, tu ne serais pas ici à présent. Tu aurais posé plus de questions. Tu n'aurais pas été aussi naïve. Mais la naïveté est une bonne chose. Elle vaut mieux que le cynisme. Le naïf voit le monde dans la lumière. Il y a plus de lumière que d'ombre dans le regard du naïf.

Un petit enfant se met à pleurer, quelque part dans une maison. Les pleurs augmentent avec la brise légère. Puis cessent.

Au bout de la ruelle, une autre commence. Elle prend à gauche, et continue jusqu'à un petit café. Il y a une table branlante et trois chaises libres devant la porte, ouverte comme l'entrée d'une grotte. Elle jette un coup d'œil alentour et s'y engage.

Il lui faut quelques secondes pour s'habituer à la pénombre. Puis, en quatre pas, elle gagne le bar. Il n'y a personne. Un petit téléviseur est allumé sur une étagère derrière le bar, à côté des rangées de bouteilles d'alcool.

181

Une femme est assise seule à l'une des tables du café. Il n'y a personne d'autre que Rita et cette femme. Il n'y a rien sur la table de la femme, pas de verre, pas de tasse, juste une nappe qui luit, rose et blanche, dans la pénombre. Rita jette un coup d'œil à la femme, puis se tourne vers le téléviseur. Apparemment un talk-show du matin. Trois hommes sont assis sur un canapé devant une femme, visiblement l'animatrice. Elle est belle. Elle doit s'être levée à trois heures du matin pour s'être faite aussi belle, pense Rita.

Un plan rapproché d'un des hommes. Il fait un geste en l'air.

« Le terrorisme frappe à nouveau le Sud, nous ne pouvons pas nous voiler la face, déclare-t-il.

– Pourquoi maintenant, señor Montañas ? demande la femme.

– Comme d'habitude, il s'agit d'attirer l'attention. D'attirer l'attention au maximum.

– Alors nous ne devrions peut-être pas en débattre ici, à la télévision, enchaîne l'animatrice en souriant vaguement.

– En même temps, nous devons nous montrer », souligne l'homme. Peut-être sourit-il lui aussi vaguement. « Les forces du bien doivent se montrer. »

La femme du café se lève. Elle passe devant Rita sans un mot et disparaît derrière un rideau qui pend devant une porte à côté du comptoir.

C'est une pièce simple. Le néon au plafond diffuse une lumière crue sur les deux hommes assis autour d'une table, au milieu de la pièce. Ce n'est qu'après un long moment que l'un des deux remarque qu'il n'y a pas de fenêtre. Pourquoi n'y a-t-il pas de fenêtre ?

Derrière lui, deux hommes se tiennent absolument immobiles, comme pétrifiés. Ils sont peut-être appuyés contre le mur, suppose-t-il. Impossible sinon de rester comme ça. Il a le temps de penser à beaucoup de choses pendant ce long moment de silence, mais ce n'est pas un long moment, se dit-il. Tout le monde voit combien j'ai peur. Ça ne va pas m'aider.

Un pistolet est posé sur la table entre les deux hommes. Il capture la méchante lumière, la retient. Le pistolet semble vivant, comme s'il allait se mettre à bouger d'une seconde à l'autre, traverser la table en grinçant.

Aitor montre l'arme d'un signe de tête.

« Pourquoi tu ne la prends pas ? »

Peter ne bouge pas. Il essaie de regarder autre chose que la créature noire au milieu de la table. Il ne voit rien d'autre, il n'arrive pas à en détacher les yeux.

« Il n'est pas chargé, précise Aitor. N'aie pas peur. »

C'est toi qui ne dois pas avoir peur, pense Peter, s'il n'est pas chargé. Personne ici ne doit avoir peur.

Il saisit le pistolet.

« C'est bien, mon ami. Sens le poids. Tu sens ? »

Peter le soupèse. Il est lourd, plus lourd qu'il n'en a l'air. Le métal est plus froid qu'il n'en a l'air. Le pistolet semble tout droit sorti du réfrigérateur.

« Ils ont arrêté quelques personnes pour la bombe de Séville, explique Aitor.

– Que tu connais ? »

183

Aitor éclate de rire.

« Ce sont peut-être de tes amis ? suggère-t-il. De vieux amis ?

– Je n'ai jamais été impliqué. Jamais. Tu le sais mieux que quiconque.

– Tu étais juste un observateur ?

– Oui.

– Et tu as déjà parlé de tes observations à ta femme ? »

Peter saisit le pistolet et d'un geste le braque sur le front d'Aitor !

Une demi-seconde, Aitor semble effrayé. Puis il éclate de rire.

« Allez ! Tire ! » l'encourage Aitor.

Peter appuie sur la détente.

Un bruit sec se répercute contre les murs. Un méchant écho.

Il lâche le pistolet. Il retombe lourdement sur la table, rebondit une fois.

« Bien, dit Aitor. Très bon entraînement. »

Rita sort dans la ruelle. C'est une autre ruelle, à l'arrière du café. La femme avec qui elle vient de parler est à l'autre bout de la ruelle sans plantes ni pots de fleurs. La femme disparaît au coin de la rue. Rita part dans la même direction. Un chien aboie dans une maison. Un petit garçon passe à vélo. Elle entend à nouveau des coups de marteau.

Elle aperçoit la femme de l'autre côté de la plaza de los Naranjos. Elle s'attarde devant l'office de tourisme. Elle est entourée de touristes. On voit ceux qui n'en sont pas. Elle semble seule, comme si elle était seule dans la ville. Comme si nous étions seules. Rita la voit partir vers la gauche et la suit doucement. Elle ne veut pas la perdre.

Derrière le marché, on n'est plus à l'abri comme dans les ruelles. Rita sent la force du soleil en sortant de l'ombre. Une force terrible. C'est la mort qui se cache dans cette lumière terrible. Dans le Nord, on ne pourra jamais comprendre ça. C'est incompréhensible.

Elle monte à présent, la rue monte. La femme marche trente mètres devant elle. Elles sont seules dans la rue. Tous les autres se sont mis à l'abri. Les boutiques ont fermé pour la sieste. Tout autour d'elle, des rideaux de fer.

Il y a une église là-bas, elle voit l'église quand la rue s'élargit en petite place. Il y a des palmiers autour de la place. La femme traverse la place. Il y a un café de l'autre côté de la place. La femme est à présent devant le café. Elle entre. Rita traverse la place. Une enseigne décolorée au soleil pend au-dessus de la porte : BAR AZUL.

« C'est un Walsch, précise Aitor. Je crois que tu connais le modèle. K314. Tu le connais. Celui-ci est impossible à identifier. Je peux te le garantir.

– Pourquoi un pistolet ? dit Peter. C'est du suicide. »

Aitor ne répond pas.

« C'est ce que tu veux, hein ? Ça fait partie de ton petit jeu. Ta petite vengeance, appelle ça comme tu veux. »

Aitor sourit. Son sourire est aussi froid que le pistolet posé entre eux, aussi froid que le nom de l'arme.

« La seule façon de le faire, c'est avec un fusil, continue Peter. Tu aurais pu le faire toi-même. Tu es tireur d'élite. Tu aurais pu le faire n'importe quand.

– Ce n'est pas moi qui dois le faire. C'est toi. »
Il se penche au-dessus de la table.

« Je n'ai pas eu la possibilité de faire grand-chose, ces dernières décennies, ajoute-t-il.

– Mais alors donne-moi un fusil. Poste-moi sur une fenêtre en hauteur.

– Non.

– Ça ne marchera pas. Pas à ta façon.

– Tu vas le faire. Ça marchera. Tu auras notre protection.

– Protection ?

– On te couvrira.

– Couvrira ?

– C'est une vieille habitude que tu as ? Tu répètes tout ce qu'on dit.

– Je vais être abattu.

– Non. Ils n'auront pas le temps.

– Le temps ?

– Ta femme ne t'a pas fait remarquer que tu répétais tout ce qu'on te disait ?

– Si.

– Tu n'as pas laissé tomber cette mauvaise habitude.

– C'est bien la seule chose que je n'ai pas laissé tomber.

– Jusqu'à aujourd'hui.

– Et toi, Aitor ?

– Quoi ?

– Qu'est-ce que tu feras, quand ça aura lieu ? Si ça a lieu.

– Nous aurons une voiture prête. On te conduira à l'aéroport. On te donnera les billets.

– On me reconnaîtra, là-bas.

– Non. Tu ressembles à n'importe quel Scandinave. Et il ne s'écoulera pas beaucoup de temps entre les coups de feu et le décollage. »

Aitor marque une pause.

Décollage, pense Peter. Décollage vers quoi ?

« Il y aura aussi autre chose.

– Quoi ?

– Tu verras.

– Pourquoi ne pouvez-vous pas renvoyer Rita ce soir ? Plus tard dans l'après-midi ? Il y a des vols l'après-midi et le soir. Peu importe la destination. Amsterdam ou Paris. Peu importe.

– Non. Il faut qu'elle reste. Ce serait louche si tout d'un coup elle rentrait seule.

– Pour qui, louche ? »

Aitor ne répond pas.

« Tu es un monstre, Aitor.

– Non. Je suis juste encore en vie. Mon frère, lui, n'est plus en vie. » Il se penche en avant, au-dessus de la table. « Ils ne m'ont même pas laissé le voir. Il ne m'a même pas laissé être là quand ils l'ont enterré. Il a appelé ça un enterrement. Il a souri en me disant ça. C'était Montañas. »

Rita entre sous l'enseigne BAR AZUL. La femme qu'elle a suivie se retourne, près du comptoir.

« Bienvenue », dit Naiara Ibarretxe Montañas.

Quelques minutes plus tard, elles sont assises autour d'une table dans l'arrière-boutique.

La porte s'ouvre. John Österberg entre.

« Et ce type qui vend de l'eau, des sodas et des glaces sur la plage ? dit Peter.

– Oui, quoi ? répond Aitor.

– Dans le plan, son rôle est peut-être de me descendre. Après.

– Non, non.

– Qu'est-ce qu'il fait là ? Pourquoi faut-il qu'il soit là ? Je ne te demande pas d'être franc avec moi, Aitor. Mais ne me sous-estime pas trop. Le porteur d'eau a un rôle dans tout ça.

– Le porteur d'eau. Elle est bonne.

– Quel est son rôle ?

– Il te couvrira.

– Ha !

– Tu as soif ? » demande Aitor en faisant un geste à l'un des hommes adossés au mur. Les hommes-mur.

« *Agua ! Y carajillos.* »

L'homme ouvre la porte, sort, la referme derrière lui. Peter le regarde puis se retourne vers Aitor.

« Tu crois vraiment que cette ville sera à toi, c'est ça ?

– Elle le sera. Le moment venu, elle sera à moi.

– Dans ta bouche, ça a l'air tout simple.

– La patience, au fond, est une chose simple. Il n'y a qu'à attendre. Il faut apprendre à attendre.

– Et en attendant, on fait de temps à autre sauter un immeuble », dit Peter.

Aitor se tait. Il regarde Peter avec un regard... interloqué. Comme s'il ne connaissait pas d'emblée la réponse. Ce que tout le monde sait. Comme s'il ne savait pas.

188

« Je n'ai rien à voir avec ça. Nous n'avons rien à voir avec ça.

– Et tu veux que je te croie ?

– Ce n'est pas nous. Ce n'est pas le mouvement.

– Et qui, alors ? »

Aitor ne répond pas.

« Tu le sais forcément ! s'exclame Peter.

– Montañas.

– C'est Jesús qui est derrière tout ça ?

– Il se propulse au sommet à coup de bombes. Il fabrique la terreur. Cela lui convient parfaitement.

– Je ne te crois pas.

– Tu crois qu'il se contentera de remporter la mairie, ici ? Il vise Madrid !

– Il veut conquérir Madrid à coups de bombes ? Comme toi tu veux te hisser au sommet par un assassinat.

– Montañas y est arrivé, non ?

– Impossible, Aitor. Pas des attentats à la bombe. Pas ici, et pas sur cette côte. Trop de gens seraient au courant. Trop de gens impliqués. Il y a toujours quelqu'un qui parle.

– Et comment crois-tu que je suis au courant, mon ami ? rétorque Aitor.

– C'est vrai que c'est ton business, la terreur.

– Non, ça n'a jamais été la terreur pour elle-même. C'était juste un... effet secondaire. Ça faisait bien dans le tableau.

– Ha, ha.

– C'était avant tout l'argent, poursuit Aitor. C'est le nerf de la politique. Tout le reste vient après.

– Pour moi, c'était la politique, dit Peter. C'est bien pour ça que je me suis retrouvé du même côté que toi.

189

– Tu pouvais te permettre d'être romantique. Mais ça ne signifiait rien pour toi.

– Je le pensais.

– Et à la fin, pour toi aussi, ça a été l'argent. »
Peter ne répond pas.

« Tout le reste vient après, ajoute Aitor. Et c'est pour ça que tu es de retour parmi nous.

– Que s'est-il passé à Estepona ?

– Il y a eu une explosion.

– C'était notre maison ?

– Notre maison ?

– Qui répète les questions, à présent ?

– Non, notre maison est toujours là. Mais ce n'est plus notre maison. Nous n'y retournerons jamais.

– Je ne te crois pas. »

La porte s'ouvre et le garde du corps d'Aitor revient avec un petit plateau argenté. Il ferme derrière lui. Il a l'air d'un gangster tombé dans un roman où il doit jouer les serveurs, ça ne colle pas. Il pose le plateau sur la table. Dessus, deux verres d'eau et deux tasses de *carajillo* – café au lait et cognac.

Peter prend une tasse, boit et fait la grimace.

« Trop de cognac ? s'enquiert Aitor.

– Trop de lait. »

Rita est assise, immobile. Naiara la regarde. Puis elle se penche et pose un petit sac en toile sur la table devant Rita.

« Mettez ça dans votre panier. »
Rita s'exécute.

« Pourquoi êtes-vous venue en personne ? demande-t-elle. Vous auriez pu envoyer quelqu'un.

– Je voulais vous rencontrer.

– Pourquoi ?

– Je voulais vous rencontrer, répète Naiara.

– Pour voir avec quel genre de personne il était marié, c'est ça ? De quoi elle a l'air, c'est ça ? Bon, c'est fait. Je peux y aller ?

– Vous ne me connaissez pas. Ne vous mettez pas en colère.

– Je ne suis pas en colère. J'ai juste très, très peur.

– Moi aussi.

– Mais vous n'y serez pas, vous. »

Ils sont de retour sur la playa de la Fontanilla. Le même endroit que la veille, un peu à l'écart. Il n'y a pas beaucoup de touristes sur la plage, pas beaucoup de locaux non plus. Ce n'est plus la saison. Autrefois, c'était la saison à cette période, mais maintenant il fait trop chaud. Les vols charters se sont taris comme les réserves d'eau dans les montagnes. Beaucoup croient que c'est à cause du réchauffement climatique global. Les gens qui vivent dans des baraques au bord des terrains de golf de la Nueva Andalucía prétendent que le réchauffement climatique va les chasser vers le nord. L'eau ne suffit pas pour le golf et les populations. Sur la Costa del Sol, les autorités ont déjà fait leur choix. Le golf.

Peter n'a jamais joué au golf. Il connaît plusieurs personnes qui le pratiquent. Il n'aime pas trop ces gens-là, ils ont quelque chose de superficiel. Peut-être se reconnaît-il lui-même. Mais il ne se connaît pas. Peut-être ne connaît-il que la surface.

Il se lève et descend vers l'eau. Les vagues avancent vers le rivage aussi doucement qu'il est possible. Aucun courant aujourd'hui, pas de vent. Pas un nuage. Rien que le soleil. Dans ce monde, il n'y a que le soleil. Il en sent la force sur son crâne. Il aurait dû prendre sa casquette. Il a une casquette avec l'inscription Kalle Valtonen Plomberie S.A. Il ne sait pas d'où elle vient. Elle est dans le panier appuyé au mât du parasol. Il se retourne et regarde le parasol et les chaises longues et Rita qui se redresse et le regarde. Tout est important, à présent, pense-t-il. Nous sommes importants. Ce qui se passe à présent est la chose la plus importante que nous ayons jamais vécue. Il lève la main et l'agite en direction de Rita. Elle n'est qu'à quinze mètres, il aurait pu appeler. Il ne veut pas troubler le silence. Il lui fait à nouveau signe. Elle lui répond de même. C'est comme s'ils étaient des deux côtés de la mer. Nous sommes importants, pense-t-il. Cinq minutes de la vie d'un homme sont plus importantes que tout. C'est de Borges, mais tout le monde sait ça.

La camionnette du porteur d'eau est garée à l'endroit habituel. C'est devenu une habitude pour lui, pour Peter. C'est à cinquante mètres de l'emplacement de leurs chaises longues, peut-être moins. Le porteur d'eau n'est pas en vue quand il passe devant la camionnette.

Ce côté de la plage est plongé sous la fumée des sardines qui grillent en brochettes dans les barques. L'odeur piquante de fumée et de mer est portée par le vent. Dans d'autres circonstances, nous aurions déjeuné de sardines grillées, se dit-il.

La fumée est bleue, comme le corps des sardines. Tout déteint sur tout dans ce monde.

Il se jette à l'eau.

Sous l'eau, le monde est vert. Personne ne le voit. Plus aucun mal ne vient de la mer.

Il reste sous l'eau aussi longtemps qu'il peut.

Au-dessus de la surface, la lumière est plus forte que dans son souvenir. Il flotte, respire et reprend pied sur les galets du rivage. Des millions de pierres roulées par la mer. Des millions d'années.

Ici, il faut des sandales, ces chaussures de plage en caoutchouc qu'on vend sur la promenade, les chaussures les plus laides du monde, pratiques, personne ne veut s'écorcher les orteils, ce n'est pas agréable de se blesser quand on est en vacances.

Les joueurs de volley ont commencé leur journée. Ils sont là depuis la première fois que Rita et lui sont descendus sur la plage. Il entend les rires, les cris comme de la fumée au-dessus du sable.

Comme si la fumée au-dessus de la plage était devenue plus dense.

Il voit des silhouettes venir vers lui à la lisière de l'eau. Deux jeunes gens arrivent en courant. Ils sont en tenue de sport, T-shirts, shorts. Sur leur T-shirt, on lit Kalle Valtonen Plomberie S.A. Il sait qui sont ces silhouettes, il n'a pas besoin de voir les visages, n'a pas besoin de voir son propre visage, n'a besoin d'aucun souvenir pour le moment.

12

Quatre petites filles traversent une cour d'école. C'est une journée nuageuse, une journée qui vire au sombre. Le premier jour de l'automne. Les arbres ont des couleurs nouvelles. Ils commencent à être très beaux. Hier, les fillettes ont ramassé des feuilles d'érable pour les montrer à leur maman.

Une des fillettes, qui se dépêche à présent de traverser la cour, a montré sa récolte de feuilles d'automne à sa grand-mère. Elle s'appelle Magdalena Mattéus. Maman n'est toujours pas revenue de vacances, Papa non plus. Ils rentrent demain, ou après-demain. C'est après-demain. Sûrement pas plus tard qu'après-demain.

Les petites sont arrivées aux râteliers à vélos. Magdalena part sur le trottoir. Linda l'accompagne un moment, puis rentre chez elle par un autre chemin.

Magdalena se retourne à plusieurs reprises. Il y a une voiture là-bas derrière elle. Elle roule au pas. Il y a quelque chose qui cloche. À l'instant, quand elle s'est retournée, la voiture s'est arrêtée.

Maintenant qu'elle repart, elle l'entend qui roule. Cette voiture doit avoir un problème. Elle tousse comme si elle était enrhumée.

Arrivée à la maison, elle passe le portail. Elle se retourne, mais plus de voiture toussotante. Elle a guéri, se dit-elle. C'est allé vite.

Elle monte jusqu'à la véranda et ouvre la porte de la maison. Elle a très faim. Pas tout à l'heure en sortant de l'école, mais maintenant elle a très faim. Ce n'était pas bon à la cantine aujourd'hui. Ce n'est jamais, jamais bon à la cantine. Elle ne mange que des tartines à l'école. On a très faim quand on ne mange que des tartines à l'école.

« Grand-Mère ! crie-t-elle. Je suis rentrée, Grand-Mère ! »

Pas de réponse. Elle reste plantée dans l'entrée. Pas un bruit dans la maison.

« Grand-Mère ? Isa ? Vous êtes où ? »

D'habitude, il y a du bruit dans la cuisine. Il y a toujours du bruit dans la cuisine quand Grand-Mère est chez eux. Toujours du bruit.

Elle entend une voiture dans la rue. Elle n'a pas refermé derrière elle. Une voiture s'arrête devant le portail.

Il a commencé à pleuvoir. J'aurais pu être trempée, pense-t-elle.

Le conducteur ne descend pas. Il ne veut pas être trempé, pense-t-elle.

« Eh oh ! Grand-Mère ? » crie-t-elle à nouveau.

Personne ne répond.

« Pourquoi vous ne répondez pas ? Vous vous êtes cachées ? »

Personne ne répond.

Une femme danse sur scène. Elle danse d'un air résolu. Pour danser le flamenco, il faut avoir l'air résolu. Et fier, il faut avoir l'air fier. Elle frappe le parquet du talon. On dirait des coups de marteau.

Trois guitaristes jouent derrière la danseuse andalouse. Oui, danseuse, Naiara n'a pas d'autre mot.

Jesús frappe des mains en rythme. Il arrive à suivre le rythme, il est d'ici. Il est gai, un peu ivre, mais juste un peu, ni trop ni trop peu, juste ce qu'il faut pour suivre le rythme. Il sait danser, c'est un très bon danseur. Il est très bon dans tout ce qu'il fait. Depuis toujours. Ça l'a toujours effrayée.

Le local est bondé. La danse s'achève. Tout le monde applaudit comme des fous. Ça ne finit jamais. C'est un rythme. La femme frappe le sol en mesure avec les applaudissements. Tout le monde crie. Tout le monde bat des mains aussi fort que possible.

Quelqu'un s'approche de Jesús, se penche et lui chuchote quelque chose à l'oreille. Elle le connaît, mais elle n'arrive pas à se rappeler son nom. Il est assez nouveau dans l'organisation de son mari. C'est Jesús lui-même qui l'appelle comme ça, *organisation*. Raúl, il s'appelle Raúl, elle s'en souvient à présent qu'il glisse autre chose à Jesús.

Jesús hoche la tête, Raúl se redresse et s'en va.

Un chanteur s'est assis sur une chaise haute. Il ne reste plus qu'un guitariste sur scène. Le chanteur commence :

« *Adiós Granada, Granaaada mía...* »

La fenêtre du balcon est ouverte sur le soir. Il entend rire dans la piscine. C'est toujours l'*happy*

196

hour. Les verres s'entrechoquent. Les gens sont heureux autour de la piscine. C'est à ça que sert l'*happy hour.*

Rita est appuyée contre le mur. On dirait qu'elle le soutient, ou c'est le contraire. Il est assis par terre à côté du lit. Il s'assoit de plus en plus souvent par terre. On y est plus en sécurité. Par terre, on a moins facilement le vertige.

Ils ont besoin de soutien tous les deux.

« *Mañana*, dit-il alors.

– Si seulement c'était vrai, lâche-t-elle.

– Comment ça ?

– *Mañana* signifie bien qu'on repousse tout à un lendemain qui n'arrive jamais, non ? C'est un cliché. Une idée reçue sur l'Espagne. Rien ne se fait jamais. On repousse tout éternellement.

– Cette fois, c'est au sens propre. »

Rita se détache du mur et traverse la chambre pour s'asseoir par terre à côté de Peter.

« Pourquoi as-tu participé à ça ? Quand tu étais ici, quand tu étais jeune ? Pourquoi as-tu participé à de la contrebande d'armes ?

– Je n'y voyais rien de criminel, à l'époque. C'était plutôt une aventure. Avec peut-être un but supérieur.

– Un but supérieur ?

– Tu répètes ce que je dis.

– Un but supérieur ?

– Je ne comprenais pas. Je ne comprenais rien. Ça a l'air idiot, mais c'était comme ça. »

Elle ne semble pas écouter. Il n'y a pas grand-chose à écouter.

« Je ne sais pas quoi dire de plus.

– On dirait que tu y voyais quelque chose de romantique, suggère-t-elle.

– Peut-être bien.

– Il n'y avait pas que ça de romantique, n'est-ce pas ? »

Il ne répond pas. Il revoit une photo. Il voit une petite voiture jaune sur une route de montagne. On dirait presque un soleil en route vers la ville voisine.

« C'est elle qui t'a entraîné là-dedans ?

– Non, non.

– Elle était déjà impliquée et elle t'a entraîné.

– Non. Ça ne s'est pas passé comme ça.

– Comment, alors ?

– Qui t'a fait croire que Naiara m'a influencé ? C'est Aitor ?

– Quel était son rôle dans tout ça ?

– Aitor ?

– Qui d'autre ? Tu n'entends pas ce que je dis ?

– J'entends.

– Et Aitor, c'était un grand romantique ?

– Ce n'est pas un romantique. Il ne se bat pas pour une cause, pas aujourd'hui, et je ne crois pas à l'époque non plus. C'est un homme d'affaires.

– C'est peut-être plus honnête.

– Plus honnête ?

– Il voulait juste gagner de l'argent. Mais toi, tu voulais avant tout faire sauter des gens.

– Rita...

– Son frère est mort au cours de la dernière opération.

– C'est pour ça que nous sommes là, Rita.

– C'était une sorte d'exécution, hein ? C'était prévu.

– C'est la version d'Aitor. C'est celle qu'il t'a donnée.

– Et à quoi ressemble ta version ?

– C'était un accident, comment dire, une sorte d'accident. On avait l'impression que tout le monde tirait. Tout le monde courait dans tous les sens.

– Et toi, Peter, vers où courais-tu ? Ou faut-il t'appeler Svante ?

– Peter. C'est Peter.

– Alors, vers où courais-tu ?

– Je ne me souviens pas.

– Est-ce que tu savais déjà vers où courir ?

– Tu ne dois pas l'écouter, Rita.

– Le frère d'Aitor n'a-t-il pas été le seul à être abattu ? Le seul touché ?

– Je ne sais pas, Rita. Je n'en sais pas plus que toi.

– Mais tu y étais.

– Non. À ce moment-là, j'étais en train de partir. »

Les après-midis, il courait dans les dunes avec Jesús. Jesús trouvait son chemin les yeux fermés. C'était sa plage. Il venait de là.

Elle va disparaître, dit-il comme ils arrivaient presque à Fuengirola. Chaque mètre carré va être couvert d'hôtels et d'appartements.

Dommage.

C'est le développement. Il n'y a pas d'alternative. L'alternative, c'est s'enfoncer dans la pauvreté.

Mais enfin, le tourisme n'enrichit pas les gens ? Seuls quelques-uns s'enrichissent.

Tu es communiste, Berger ? On va t'ôter ces idées de la tête.

Aitor dit la même chose.

Il est drôle, Aitor.

Il pourrait être ton frère, Jesús. Ton frère jumeau.

Ils disent ça.

Qui ?

Ils s'étaient remis à courir. C'était très facile. Le soleil était un ami, le vent aussi. La mer était calme.

Ceux qui savent, répondit Jesús.

Qui ?

Le Suédois du bar, John. Il dit ça. Il connaît tout le monde, il sait.

Qui d'autre dit ça ?

Naiara dit ça, ajouta Jesús en s'arrêtant.

Ils voyaient Marbella grimper vers la montagne blanche. Il était désormais chez lui, ici. Il pensait que c'était pour toujours.

Aitor ne te suffit pas, Jesús ?

Que veux-tu dire ?

Il te les faut vraiment tous ?

Grand-mère Gun descend l'allée de gravier vers le portail. Elle porte Isabella endormie. Magdalena marche toute seule. Elles sont accompagnées par deux hommes.

Ils l'aident à entrer dans la voiture avec Isabella. La fillette est très lourde, beaucoup plus lourde qu'elle n'en a l'air.

Un des hommes ferme la portière arrière et s'installe au volant. Les phares s'allument, la voiture démarre.

Magdalena a l'impression qu'ils sont seuls dans toute la ville. Tout est noir alentour, la seule lumière est celle des phares, mais ça ne change rien. Je ne veux pas arriver, pense-t-elle. La voiture continue à traverser la ville. Elle ne reconnaît rien. Ils peuvent être n'importe où. Là-bas, quelque chose qui pourrait être le château, mais impossible de le voir. Elle ne peut qu'espérer que ce soit bien le château. S'ils passent devant, elle pourra appeler à l'aide les soldats qui montent la garde pour le roi et la reine. Les soldats pourront les aider. Ils sont à présent quelque part en centre-ville. Ils ont roulé longtemps, longtemps. Partout, les immeubles sont très hauts. À présent, ils sont à l'intérieur. Ils sont entrés dans un immeuble à quelques mètres seulement de la voiture, puis ont monté un escalier. Ils marchent dans un couloir. Maintenant, c'est un de ces types qui porte Isabella. Elle ne fait que dormir, dormir. Grand-Mère dit quelque chose à un des types. Elle le répète :

« Il faut que j'appelle. Quand est-ce que je pourrai appeler ?

– Demain.

– Pourquoi pas ce soir ?

– Demain.

– Quelle différence ? »

On ne lui répond pas.

Rita appelle, appelle.

« Pourquoi elle ne répond pas ?

– Laisse-moi essayer. »

Il appelle. Chez Gun, chez lui. Il s'attend à ce que lui-même finisse par décrocher. Le vrai Peter va lui répondre. Un homme sans passé hostile.

« Il s'est passé quelque chose, dit-elle.

– Mais qu'est-ce qu'il aurait bien pu se passer ?

– C'est quoi, cette question à la con ?
– Du calme, Rita.
– Du calme ?
– Elles sont peut-être sorties.
– À onze heures du soir ?
– Au cinéma.
– Ça va pas la tête ? Au cinéma ?
– Je ne sais pas, Rita.
– Mon Dieu.
– Je vais aller aux nouvelles », dit-il.

Une voiture noire de la Policía Nacional passe devant l'hôtel. Les agents à l'avant lui jettent un regard indifférent. Qu'il pense indifférent. Il sort le téléphone et compose le numéro. Il attend. Quelques jeunes marchent sur le trottoir. Ils parlent suédois. Ils sont gais, ils rient, pour eux la vie est un jeu.

« Allô ? » dit-il quand on lui répond. Il ne reconnaît pas la voix.

« Qu'est-ce qu'il a dit ? demande-t-elle quand il revient dans la chambre.
– Il n'était pas là.
– Il n'était pas là ?
– Non.
– Tu as bien parlé à quelqu'un ?
– Personne ne sait.
– Quelqu'un doit bien savoir. Mon Dieu, mon Dieu. »

Ils n'arrivent pas à dormir. Il écoute la musique d'un bar voisin. C'est la musique de l'ennemi. À deux heures et demie, son téléphone sonne. Il décroche à la première sonnerie. C'est Aitor.

« Qu'est-ce qui se passe ?

– Tout va bien, mon ami.

– Où sont-elles ?

– On a dû les emmener. Disons en lieu sûr.

– En lieu sûr ?

– Oui.

– À l'abri de qui ?

– L'ennemi.

– Je croyais que c'était toi, l'ennemi.

– Il y a pire. Tes enfants sont en sécurité. Ta belle-mère aussi. Il ne leur arrivera rien.

– Je n'en crois rien.

– Prépare-toi pour demain.

– Est-ce que ça fait partie des préparatifs ? »

Mais Aitor a raccroché.

À huit heures, son téléphone sonne à nouveau. Il écoute sans rien dire. Il raccroche.

« Qu'est-ce que c'était ? demande-t-elle.

– Ce soir, à six heures. Ça va se faire. »

Quelques secondes plus tard, le téléphone de Rita sonne.

« Allô ? Allô ? Magda ! »

Elle fait sa valise dans la chambre. Le vent souffle par le balcon. Un vent brûlant. C'est maintenant que le soleil est le plus fort, en début d'après-midi.

Elle passe dans le séjour. Il l'attend.

« On descend un moment », dit-il.

Ils vont au bar près de la piscine. C'est l'*happy hour*. Ils commandent une bière pour lui et une eau minérale pour elle. Deux verres pour le prix d'un. Ils restent boire au bar. Il pose la petite glacière sur le comptoir, à côté de son verre de bière.

Elle regarde autour d'elle. Quelques rares clients sont attablés sous les parasols le long de la piscine. Personne ne se baigne. Personne n'ose s'aventurer au soleil. L'eau de la piscine brille comme le bleu dans l'œil d'un aveugle.

« Dernier jour avec la bande de copains, déclare-t-elle.

– Espérons.

– On s'est vraiment bien reposés.

– C'était le but.

– On y va ? »

Il y a trois valises prêtes sur les dalles de l'entrée. Les billets à la main, elle lève les yeux.

« Nous devons être à l'aéroport au plus tard à huit heures. »

Il hoche la tête et remonte la glacière qu'il tient en bandoulière.

« Donc ils s'occupent des bagages ?

– Oui. »

Elle rit. Un rire bref, dur.

« Mon Dieu, voilà que je me soucie des bagages. »

Il s'approche d'elle, la prend dans ses bras. Ils se regardent dans les yeux.

« Prête ?

– Prête. »

13

Elle essaie de ne penser à rien tandis qu'ils descendent à la réception, ses pensées traversent sa tête comme une tempête qui ne laisserait rien sur son passage. Mais elle pense à tout en même temps et très clairement, comme des images alignées les unes à côté des autres et qu'elle ne pourrait dépasser sans les avoir touchées l'une après l'autre, sans avoir posé elle-même sa main sur chaque image mentale : Magda, Isa, Maman, Peter, elle-même, Aitor, Naiara, Jesús. Les visages d'autrefois et d'aujourd'hui. Des personnes. De chair et de sang, songe-t-elle. Ma famille est de chair et de sang. Peter est de chair et de sang, mais qui est-il ? Est-il l'étranger dans ma vie ? Elle le revoit quand il est entré dans sa vie, la première fois. Quelque chose du côté des yeux. Quelque chose dans ces yeux-là, au fond de ces yeux. Maintenant elle sait ce que c'était.

Son téléphone sonne. Son cœur fait un bond. L'écran n'affiche rien. Comme hier soir. La pire nuit de sa vie. Et ce n'est qu'un début, a-t-elle pensé trente secondes plus tôt en traversant la réception. Ils traversent toujours la réception. Les palmiers se balancent toujours dehors.

« Allô ?

– C'est moi. C'est Maman. »

Elle s'est arrêtée sur le seuil. Elle voit Peter continuer vers les palmiers et la lumière blanche qui aveugle tout.

« Maman ! Qu'est-ce qui se pas...

– Rien, il ne s'est rien passé d'autre, la coupe Gun. Mais je... ils m'ont laissée téléphoner. »

Sa voix est calme. Comme si tout le monde était en sécurité.

« Pourquoi te laissent-il appeler ?

– J'ai demandé, ils ont accepté.

– Mais pourquoi voulais-tu appeler ?

– Juste pour dire que nous allons bien.

– Vous allez vraiment bien ?

– Vu les circonstances, comme on dit.

– Je ne comprends pas comment tu peux être aussi calme.

– Moi non plus, Rita.

– Où êtes-vous ?

– Je ne sais pas. Une chambre. Un petit appartement.

– Vous êtes toujours à Stockholm ?

– Sans doute. On n'est pas allés bien loin hier soir.

– Et eux, qu'est-ce qu'ils disent ? On vous a donné des explications ?

– Rien, sinon que c'est... pour notre bien.

– Qui sont-ils ? Qui les envoie ?

– Je ne sais pas, Rita. C'est une question que je devrais te poser à toi.

– Ils parlent suédois ?
– Ils sont suédois.
– Mon Dieu !
– Qui sont-ils, Rita ?
– Je ne sais pas, mon Dieu, je ne sais pas.
– Ils ne nous disent rien.
– Demande-leur qui les envoie.
– Tu crois que je ne l'ai pas fait ?
– Je ne sais pas si je dois rire ou pleurer.
– Que fais-tu en ce moment, Rita ?
– Ni l'un ni l'autre.
– Ce n'est pas ce que je voulais dire.
– Nous allons à la plage. »
Gun ne répond rien.

« Mais ce n'est pas ce que tu crois. On ne va pas bronzer et se baigner. Ou plutôt, pas seulement.

– Qu'est-ce que vous allez faire ?

– Ils ne t'ont pas dit ?

– Ils ont juste dit que vous alliez faire quelque chose là-bas aujourd'hui, que vous rentrerez probablement cette nuit.

– Mon Dieu, maman.

– Magdalena et Isabella ne sont même pas au courant.

– Je ne sais pas ce qui est pire. Je ne sais pas si je pourrai tenir dix minutes de plus. Comment vont les filles ?

– Ça va. Elles sont silencieuses, mais c'est un peu normal.

– Tu sembles si calme. Je n'arrive pas à comprendre.

– Il le faut, Rita. Qu'est-ce que vous devez faire, aujourd'hui ? C'est dangereux ? »

Gun fait une pause. Il y a une voix à l'arrière-plan, dans la chambre, à Stockholm. Rita ne distingue pas les mots.

« On doit raccrocher, reprend Gun.

– Mais je veux parler aux filles ! »

Elle entend d'autres voix à présent, plus aiguës. Elle entend les voix des enfants.

« Il faut que je raccroche », dit Gun.

La ligne coupe.

Rita s'aperçoit qu'elle a franchi l'entrée. Les palmiers se balancent à présent au-dessus de sa tête. Le vent a forci depuis hier. Il fait plus chaud qu'hier. Le ciel est plus blanc qu'hier. Elle sent un goût de sang dans sa bouche. Elle s'est mordue. Elle porte la main à ses lèvres, sa main tremble. Peter se retourne. Son visage est blanc comme le ciel, comme de la craie, constate-t-elle. C'est l'enfer, c'est à ça que ça ressemble. Voilà à quoi on ressemble en enfer. Je ne vais rien dire de cet appel de Stockholm.

Il s'est retourné. Elle vient de sortir de l'hôtel. Elle a son téléphone à la main. L'a-t-il entendu sonner ? Non, ce fichu grondement dans sa tête couvre ce genre de sons. Les turbines dans son crâne tournent maintenant à plein régime, comme le sang qui circule dans ses veines, c'est lié, même lui le comprend, et il comprend aussi qu'il entendra ce grondement tant qu'il vivra, tant que son sang coulera dans ses veines. Peut-être. Pour l'heure, il ne sait pas. L'alternative est le sommeil, le long sommeil.

Il lève une main vers elle. Elle tremble. Il voit Rita parler. Il n'entend pas. Comme si son acouphène avait complètement bloqué son ouïe, comme s'il en avait assez entendu. Il ne veut plus rien entendre, plus rien voir, plus rien faire, il veut juste se coucher quelque part, la tête sur ses genoux, le ciel bleu au-dessus d'eux, avec le lent va-et-vient des nuages au vent du nord.

« À qui parlais-tu ? interroge-t-il.

– Faux numéro, dit-elle.

– Bizarre.

– On y va ? »

Ils traversent le jardin de l'hôtel, sortent dans la rue. Ils continuent sur la promenade. Elle porte le panier d'osier. Il porte la glacière. De l'eau coule sur les trottoirs. On les a lavés plus tôt dans la matinée. Le béton fume, comme de la terre vivante. Ça sent la terre. C'est comme si la ville était vivante, songe-t-elle, comme si nous marchions dans un paysage vivant. Comme si nous étions toujours en vie.

Il marche à côté, tout près d'elle.

« Tu penses qu'ils nous surveillent en ce moment ? demande-t-il.

– Tout le temps.

– Qu'est-ce qu'on aurait pu faire d'autre ?

– Rien.

– En Suède, dit-il. Si je n'avais pas accepté d'y aller.

– Tu avais le choix ?

– Je pensais que non, alors.

– J'aurais juste aimé que tu partages cette menace avec moi. Que tu le fasses dès le début.

– Oui.

– C'est tout ce que j'aurais aimé.

– Mais c'était justement ça, la menace, souligne-t-il. Je n'ai pas osé.

– Est-ce que c'est acceptable ? Que n'importe qui puisse s'emparer de la vie de n'importe qui ? »

Il ne répond pas. Que n'importe qui puisse prendre la vie à n'importe qui, songe-t-il.

« Qu'on perde d'un coup le contrôle de sa propre vie ? poursuit-elle.

– Pas forcément. Ça ne tourne pas forcément comme ça.

– C'est peut-être comme ça depuis le début, réplique-t-elle. Nous ne contrôlons rien. »

Ils traversent un petit parc où ils passent tous les jours depuis leur arrivée. Une fontaine coule au milieu. Il reste de l'eau pour les fontaines, pense-t-il, et pour les trottoirs.

À côté de la fontaine, une statue sans tête. Il l'a déjà vue.

« Je me sens comme lui, là, dit-il en montrant la statue.

– Comment sais-tu ce qu'il ressent ?

– Comme moi. Debout, sans tête.

– Peut-être n'en a-t-il jamais eue ?

– Peut-être, concède-t-il.

– Ça se répare.

– Ils ne s'en sont pas souciés.

– C'est peut-être en train d'arriver, suggère-t-elle. La tête est peut-être en train d'arriver.

– Dès qu'on sera partis d'ici, dit-il.

– Ce soir.

– Il s'agira d'avoir la tête sur les épaules.

– Et pas sous le bras.

– Le gars n'en a même pas, note-t-il.

– Le gars ?

210

– La statue. Je ne sais pas comment il s'appelle. On dirait un dieu grec. Mais on n'est pas en Grèce ici. On n'y est pas, n'est-ce pas ?

– Non, ce n'est pas la Grèce.

– Si seulement. En Grèce, ils savent prendre soin de leurs statues.

– On ira la prochaine fois, dit-elle. Là-bas, en dieux, il y a le choix. Il y a un dieu ou une déesse pour tout le monde.

– Ici, ils n'ont eu que Dieu. Allah aussi, il y a longtemps, mais lui aussi, c'est Dieu.

– J'espère qu'il sera avec nous aujourd'hui. Dieu, peu importe son nom.

– Il paraît qu'il est partout. » Il montre à nouveau la statue de la tête. Ils n'ont pas beaucoup marché. Peut-être se sont-ils arrêtés. « Il a l'air fort, même sans tête. Il est debout. Il est encore debout.

– On y va ?

– Pourquoi faut-il aller si tôt sur la plage ? demande-t-il.

– Ça peut se passer n'importe quand. »

Le soleil a bougé dans le ciel. Ils se sont baignés et se sont couchés sous le parasol. Puis se sont encore baignés. Il a gardé le sel sur son visage, ne l'a pas rincé sous la douche. Sa peau qui le tire lui rappelle qu'il a toujours un visage.

Il se douche à présent que les ombres s'allongent sur le sable comme des lances. On dirait qu'une horde a pris possession de la plage. L'armée de Dieu, pense-t-il. Elle attend, veille, surveille.

Il sort de la douche installée sur une plate-forme en bois au milieu de la plage. En clignant des yeux, il voit que la plupart des baigneurs ont ramassé leurs affaires et sont partis. Ne reste que la bande des joueurs de volley, leur partie s'éternise près de la mer. Les joueurs sont éternellement en forme.

Donc rien ne s'est encore passé. Tout est encore comme toujours. Tout vit encore, pense-t-il. Il n'y a que cette mer qui est morte.

« On va au bar ? » propose-t-il.

Il jette un coup d'œil au bar de la plage. Il ne reste plus beaucoup de clients. Dommage, c'est la meilleure heure de la journée pour s'y installer, quand la lumière est la plus belle.

« On n'a pas le temps, objecte-t-elle.

– La journée est presque finie.

– Non, Peter.

– Juste une bière.

– On n'a pas le temps. »

Elle a étendu leurs serviettes sur les chaises longues. Touchées par le soleil, elles prennent une autre couleur, comme si elles appartenaient à d'autres.

C'est maintenant, pense-t-elle. C'est l'heure. C'est ton heure sur la terre.

Elle prend son panier et semble chercher dedans quelque chose qu'elle ne trouve pas. Impossible de trouver ce qu'elle cherche.

Celui qui l'observe se tient à une fenêtre de l'autre côté de la promenade, les yeux collés à une lunette de visée.

Dans la lunette, on voit qu'elle arrête de fouiller, lève les yeux et dit quelque chose à l'homme à côté d'elle. Elle fait un geste de la main. Elle montre peut-être une direction. Il hoche la tête, à deux reprises.

Elle enfile ses sandales et s'éloigne, traverse la plage vers l'escalier qui monte sur la promenade. Elle se retourne encore une fois. À présent, dans la lunette, on voit l'homme, il a le regard dirigé vers la mer.

Elle monte les marches, arrive sur la promenade. Son ombre est allongée. Elle traverse la rue et atteint la façade de la maison où est l'homme à la lunette.

Elle regarde alentour, comme si elle attendait quelqu'un, ou cherchait à s'orienter. Puis sort du champ de vision.

Il consulte sa montre. Il regarde en direction de la camionnette du vendeur de plage. Elle est à sa place habituelle. Le vendeur n'est pas visible. Il est passé voilà quelques heures, puis ne s'est plus montré.

C'est le crépuscule, il arrive en même temps de la mer et de la montagne. Ça se rencontre sur cette plage.

Ce sera donc cette plage. Pas la plage lointaine, celle-ci, toute proche. C'est ici et maintenant ! Il frissonne en pensant que c'est cette heure sur la terre. Je prierai, je promets que je prierai tous les jours le restant de ma vie, le restant de ma vie je prierai.

Quelque chose bouge au-delà de la camionnette, loin au-delà de la camionnette. Loin sur la plage.

Ce qui a bougé approche, et s'arrête à présent. C'est une grosse voiture, une voiture noire.

Un homme descend de la banquette arrière, ce n'est pas si loin, il le voit en T-shirt et en short s'appuyer au véhicule pour faire des étirements.

De l'autre côté, un autre homme fait les mêmes mouvements.

Ils se dévisagèrent au-dessus du toit de la limousine. Aucun des deux ne pipe mot, aucun ne sourit.

« Prêt ? demande l'homme sorti en premier de la voiture.

– Prêt, fait l'autre.

– *Vamos.* »

Peter les voit là-bas courir vers lui. Ils ne sont plus très loin de la camionnette. La camionnette n'est pas très loin. C'est rassurant de penser à la camionnette. Tant qu'il pense à la camionnette, il peut rester calme. Il peut se tromper lui-même, encore un petit moment il peut se tromper.

Il ne distingue pas les visages, mais il sait qui arrive vers lui, il en connaît au moins un.

La limousine a quitté la plage. Elle roule à présent sur la promenade, très lentement, comme au ralenti, le même ralenti que les joggeurs sur la plage. Atteindront-ils jamais la camionnette ? Iront-ils plus loin ? Jusqu'où ?

Ils courent comme s'ils avaient un but.

De l'autre côté de la promenade, l'homme à la fenêtre voit tout dans le viseur de sa lunette. Elle est montée sur un fusil de chasse semi-automatique, un Husqvarna. Les hommes semblent courir encore plus lentement dans la lunette.

Le viseur se décale d'un coup à gauche : l'homme sur la chaise longue. À droite : les coureurs. À gauche : l'homme sur la chaise longue.

À droite : les coureurs. À gauche : l'homme sur la chaise longue.

L'homme se penche et sort une glacière de sous la chaise. Il lève les yeux.

Peter se lève. Il tient la glacière à la main. Il regarde vers les coureurs. Bientôt, il distinguera très clairement les visages, au moins l'un des deux : il voit déjà la tête, un corps en mouvement, avec une tête. Il veut devenir une statue, pense-t-il. C'est ce qu'il veut être. Il veut être une statue dans cette ville, nulle part ailleurs. Une statue avec une tête. C'est pour ça qu'on laisse en l'état le gars du parc, pour la comparaison, voilà ce qu'il y avait avant, et voilà l'avenir. Tout sera à nouveau entier, tout ce qui était cassé sur cette côte sera restauré, entier. C'est ce qu'il a promis.

La camionnette est touchée par les rayons du soleil couchant. Le soleil se couche à la vitesse d'un éclair, oui, à la vitesse d'un éclair. Il ne veut pas assister à ça. Il veut faire le noir sur tout ça avant qu'il ne soit trop tard.

Un rayon de soleil touche un visage sur le siège avant de la camionnette. La tête du vendeur n'était pas là avant, mais la voilà, les yeux regardent Peter, qui regarde à son tour.

Les coureurs sont à trente mètres vingt-cinq il se penche et ouvre le couvercle de la glacière il lève à nouveau les yeux plus de ralenti tout va maintenant très vite ils arrivent sur lui très vite maintenant il essuie la sueur de ses yeux cligne des yeux voit que les hommes portent des costumes se sont changés tout en courant portent des costumes noirs et ils rient et ils rient et il cligne

215

des yeux et ils sont là maintenant c'est maintenant maintenant et les costumes ont disparu et
il se penche à nouveau et tire le pistolet de la
glacière le pistolet noir et au même instant rugit
la camionnette là-bas le bruit du moteur se précipite au-dessus du sable et rattrape les coureurs
il lève le pistolet vers les coureurs il n'y a plus
que quelques mètres deux mètres et il entend un
autre bruit de moteur un autre quand une autre
voiture dévale la rampe qui descend sur la plage.

Le pistolet tremble dans sa main.

Le visage de Jesús. L'effroi dans ses yeux. La
sueur sur son front, sa tête. La sueur sur la tête
de Peter. Tout s'arrête. Le temps se fige. Il ne reste
plus que des gros plans.

Il braque le pistolet vers les deux hommes. Plus
que d'horribles gros plans. Le temps se remet en
marche, déferle, jaillit du passé.

Sa voix, son visage, sa peau. La voix de Naiara.
Ses mots :

C'est dangereux pour toi, ici.

Je dois partir ?

Tu devrais.

Tu le veux ?

Non.

Ce n'est pas dangereux ici. Quand nous sommes
ici, ce n'est pas dangereux.

Pas dangereux, pas dangereux, pas dangereux,
c'est ce qui sonne à son oreille quand il voit les
derniers gros plans quand il tire ! Il tire encore
un coup, l'arme sursaute dans sa main, comme

un animal qui tente de se dégager, qui hurle, des bruits horribles crient, hurlent à son oreille.

Il n'entend plus rien à présent. Les explosions entre ses mains ont balayé son ouïe. Le monde se tait. Tout est lent à nouveau, tout bouge à nouveau au ralenti.

La poitrine de Jesús éclate en rouge à travers son T-shirt. Une explosion rouge, une explosion lente. L'homme à côté a maintenant une épaule rouge, le rouge se répand sur son T-shirt blanc.

Leurs visages ouverts comme des visages d'enfants.

Ils crient. Leurs bouches sont ouvertes. Il voit des dents mises à nu. Il n'entend rien.

Les hommes ont avancé de quelques pas encore, mais à présent ils s'effondrent.

Ils tombent un mètre devant lui.

Il pourrait les toucher.

Il entend à nouveau. Le grondement revient. Il lève les yeux. Des gens se précipitent vers lui, ce sont les joueurs de volley, ils arrivent en courant du bord de la plage.

Une voiture s'arrête en dérapant juste à sa hauteur. Il sait. Il se jette sur le siège avant, le pistolet toujours à la main.

Rita est au volant.

La voiture vole au-dessus de la bande de sable, jusqu'à la rampe qui monte sur la promenade. Elle vole.

La camionnette suit.

La voiture de Rita bondit sur la promenade. Elle réussit à éviter la collision avec la maison d'en face, braque à droite, continue vers l'est. Aucun promeneur en vue.

La camionnette atteint la rampe.

Une fois en haut, elle se met en travers de la promenade et barre la route à la limousine noire.

Ils ont atteint la rue qui part de la promenade. Ils croisent un bus de police, sirène hurlante et gyrophare lançant des tourbillons de couleur dans le crépuscule. Cent mètres plus loin, ils croisent une ambulance, une voiture de police, une autre, les véhicules foncent en hurlant dans la pénombre. Il entend à présent, n'entend que trop. Il a retrouvé sa tête.

Le conducteur de la camionnette fuit sur la plage. Deux hommes sortent de la limousine.

Les joueurs de volley sont arrivés là où Jesús et son garde du corps gisent sans vie sur le sable qui a pris une couleur sombre sous eux, autour d'eux. Ils forment un cercle. Personne n'est encore entré dans ce cercle.

Un des volleyeurs, un jeune homme, suit des yeux le vendeur qui court sur la plage vers la mer, sort un pistolet de la ceinture de son bermuda.

La fille à côté de lui lui prend le bras.

« T'es idiot ? » lâche-t-elle, avant de partir à la poursuite de l'homme qui s'enfuit vers la mer.

L'ambulance et le bus de police dévalent la rampe. L'ambulance a réussi à passer devant la camionnette. Le bus de police pousse la camionnette pour la dégager du passage. La limousine a reculé.

L'ambulance s'arrête dans un nuage de sable devant les hommes abattus. Quelqu'un crie. Des gens accourent de toutes parts, de la promenade, de la plage, des cafés, des restaurants, des bars. Des projecteurs illuminent la plage. L'endroit où gisent les deux victimes est éclairé comme une scène.

La scène est déformée dans le viseur de la lunette. Il y a en même temps trop et pas assez de lumière. Mais on arrive à voir.

Le rideau bouge près d'Aitor.

Il voit l'ambulance et les policiers. Il a tout vu.

« La voiture est prête ? s'enquiert-il sans lever l'œil de la lunette.

– On a dû la bouger, l'informe une voix derrière lui.

– J'ai demandé si elle était PRÊTE ?

– Elle est prête. Ils sont en route. »

Aitor voit Naiara Ibarretxe Montañas se jeter d'une voiture avant qu'elle ne se soit arrêtée sur la plage. Elle court vers l'ambulance, vers la scène éclairée. Les corps sont en train d'être chargés dans l'ambulance.

« Voilà la veuve, dit-il.

– Elle a fait vite, remarque la voix derrière lui.

– Elle l'a peut-être senti venir. »

Naiara crie. On dirait le cri d'un animal blessé. Elle monte à présent dans l'ambulance. Un des infirmiers l'aide. Elle disparaît dans l'ambulance. L'infirmier secoue la tête vers un policier carabine au poing. Le bruit des sirènes vient de partout. Les gens courent sur la plage. Ça n'en finit pas. Le soleil est ailleurs.

14

Ils débouchent au coin de la rue à toute allure. Rita voit la voiture garée à cent mètres de là, à contresens. Elle freine à sa hauteur et se range habilement en double file.

C'est une rue silencieuse, dans un quartier central mais tranquille.

Elle coupe le contact.

Ils restent assis. Comme s'ils ne pouvaient plus bouger. Le silence tambourine à ses tempes. Le fameux silence assourdissant. Le silence n'est pas son ami. Le passé n'est pas son ami, ne l'a jamais été. Elle est son amie. Elle est son amie solide, il le voit à son visage, à son profil. Elle est la seule qui puisse le sauver.

Ils n'ont pas dit un mot pendant leur fuite.

Elle a les bras qui tremblent. Elle tient toujours le volant. Il a les mains qui tremblent. Il a mal au bras gauche à cause du recul. Le pistolet était terriblement fort, l'ami solide. Il est toujours là, à ses pieds. La peur est une terrible force, se dit-il.

« Il faut continuer, affirme-t-elle en ouvrant sa portière.

– Continuer, répète-t-il en ouvrant la sienne.

– Ça va, Peter ?

– Il faut continuer.

– Comment tu vas ?

– Terrible.

– Alors on est deux.

– Tu conduis bien.

– Un peu trop vite », dit-elle en descendant de voiture.

Nous sommes terriblement calmes, pense-t-il en descendant. C'est un calme terrible.

Ils s'installent dans la voiture voisine. Elle avait les clés.

Elle démarre, suit la rue, tourne au coin d'où ils sont arrivés.

Pas de circulation. Les rues sont vides. Ils sont seuls dans la ville. Pas de vie. Toute la vie s'est rassemblée sur la plage.

Elle conduit très vite sur l'autoroute, vers l'aéroport. Ils ne sont plus seuls, les reflets de phares les assaillent de toutes parts. Tout est jaune et noir dehors. Il y a encore une lueur au-dessus de la mer, dernier vestige du jour. Le dernier jour. Non, non, non. Il voit les silhouettes des bâtiments entre l'autoroute et la mer, les grands hôtels, les miradors noirs sur la plage. Les miradors existaient déjà à l'époque, dans sa vie précédente, mais il n'y a jamais pensé.

On va faire une virée à Torremolinos ce soir ?

Se faire casser la gueule par des hooligans anglais ?

Je pensais plutôt au poulet grillé.

Ha, ha.

Calle Rio Esera. *Best chicken in town...*

Je sais, mon ami.

Mon frangin vient aussi.

Il s'appelle vraiment Jou ?

Plus ou moins.

Ça fait portugais.

Il est portugais.

Ton frangin est portugais, Aitor ?

Plus ou moins.

C'est toujours sympa de le voir.

C'est un mec sympa.

Il se penche et allume la radio.

Un speaker parle très vite. Il n'y a pas de musique, que des mots. Leur débit augmente encore.

« Qu'est-ce qu'il dit ? » veut-elle savoir.

Il écoute, se penche plus près.

« Ils parlent de nous ? demande-t-elle.

– Non... c'est encore une bombe.

– Mon Dieu.

– À Malaga, dit-il.

– Nous allons à Malaga.

– Un immeuble... sur la route de l'aéroport.

– Nous allons à l'aéroport. »

Il écoute.

« De l'autre côté, dit-il. Sur la route de l'aéroport de l'autre côté. En venant de la ville. »

Ils voient les premiers panneaux annonçant la sortie vers l'aéroport. C'est bientôt.

« D'une certaine façon, on dirait que c'est lié à nous, dit-elle.

– Non, non.

– Cette bombe est liée à nous. À ce qui s'est passé ce soir.

– Tout ne peut pas être lié, objecte-t-il.

– Tu devrais penser le contraire. Tout est vraiment lié. Si quelqu'un doit penser ça, c'est bien toi.

– Mais si ce n'est pas Aitor ?

– Quoi ?

– Si ce n'est pas Aitor qui est derrière les bombes ?

– Et qui d'autre ? dit-elle.

– Là, c'est la bretelle. »

Elle regarde dans le rétroviseur. Il se retourne. Les lumières, les reflets se mélangent frénétiquement. Tout le chaos s'assemble derrière et devant eux.

Le grondement augmente dans son oreille. Il y a de la marge, il peut encore augmenter. Il voit toujours la mer là-bas entre les tours, elle brille comme du faux argent, il entend les vagues, elles déferlent dans sa tête. Les vagues sont plus hautes le ressac plus fort que jamais. C'est la nuit une autre nuit la dernière nuit. La première et la dernière nuit il le savait en faisant les préparatifs. Je n'en suis pas je n'y suis pas. Bientôt ailleurs. Là, ce n'est pas moi. Je vais bientôt à nouveau être moi-même.

« Impossible de voir si on nous suit, l'entend-il dire.

– Ou si on nous attend, complète-t-il.

– Aitor ferait un barrage avant l'aéroport ? Il n'a pas ce pouvoir.

– Maintenant peut-être que si. »

Il la regarde.

« Ou il croit l'avoir. »

Elle quitte l'autoroute et suit les panneaux vers l'aéroport.

Ils sont presque arrivés.

Les bretelles sont embouteillées. À droite, il voit les lumières de la grande ville. On dirait les feux de position clignotant d'un navire en pleine mer. Les montagnes à l'horizon figureraient les nuages.

La Guardia Civil les fait circuler. Il y a partout des hommes en uniforme. On dirait la guerre. Il baisse sa vitre. Ça sent la guerre, le kérosène sent la guerre. Tout peut puer la guerre. C'est une question d'imagination.

« J'ai l'impression qu'on va bientôt savoir qui a le pouvoir, ici, dit-elle.

– Il faut enregistrer nos bagages ?

– Ça va pas, non ?

– Je ne sais pas. »

Ils avancent entre les bus, les taxis, les soldats, les policiers, les guides touristiques qui portent aussi un uniforme. Des hordes de touristes se dirigent vers le bâtiment avec des charriots couverts de valises.

« Ça a l'air d'aller, dit-il.

– Je me gare où ?

– Il y a des places derrière les bus », lui indique-t-il.

Elle dépasse prudemment un bus en train de se vider de ses touristes. Nous sommes aussi des touristes, pense-t-elle. Nous sommes juste arrivés ici d'une autre façon. Mais nous sommes des touristes, nous repartons en touristes.

Elle salue de la tête un couple qui attend ses bagages près du bus. Deux hommes en uniforme extraient les valises de la soute du bus. Toute la lumière est bleue.

« Ce couple-là était avec nous dans l'avion, à l'aller, se souvient-elle.

– J'en reconnais quelques autres. C'est notre vol.

– C'est pour ça qu'on est là. »

Il lui prend la main. Elle ne tremble plus. La sienne non plus. Ils ont retrouvé leur calme. Il a retrouvé son calme. Il entend le vacarme assourdissant d'un avion qui décolle. Les silhouettes autour de lui se figent une demi-seconde. Comme si le temps s'arrêtait comme s'il n'y avait plus d'avant ni d'après. Tout est normal le temps se remet en mouvement la mort avec. Il n'y a pas de mort sans temps certains disent que la mort s'est détachée du temps mais ils ont tort tous ceux qui disent ça ont tort.

Le brouhaha monte vers le plafond dans le hall des départs. Des milliers de voix. C'est comme le fracas de la mer. Le bruit est aveuglant.

Les queues s'allongent devant les comptoirs d'enregistrement.

Des pancartes manuscrites préviennent que les bornes automatiques ne marchent pas.

Partout, des visages nordiques bronzés et fatigués. Les petits enfants dorment sur les valises. Partout la Belle au bois dormant. Tout le monde veut rentrer dans le nord. On est en sécurité au nord. Il fait froid, mais c'est sûr. On ne peut pas tout avoir, on ne peut pas avoir à la fois la sécurité et le beau temps. On ne peut pas exiger à la fois un niveau de vie élevé et du soleil. Il faut choisir.

« Où sont nos bagages ? »

Elle ne répond pas.

« Tu as vu nos bagages ? insiste-t-il.

– On s'en fout, des bagages. »

Un groupe de policiers se déplace lentement dans la marée humaine. Ils étudient les visages. Ça a l'air de se faire à la dérobée, presque négligemment. Une mission parmi d'autres.

« Ils ne sont pas là pour nous, dit-il.

– Pourquoi sont-ils là ?

– Sûrement la routine.

– C'est à cause de la bombe ?

– Sûrement.

– Où devons-nous nous enregistrer ? demande-t-elle. Il n'y a rien sur le tableau d'affichage. »

Elle a les billets à la main.

« On n'a qu'à suivre les guides, comme tous les autres. »

Ils rejoignent la queue la plus proche. Une guide touristique suédoise aide à l'enregistrement. On les aide. Ils sont dans la bonne queue. Il n'y a plus qu'à attendre. Il y a pas mal de retard. Oui. C'est à cause de l'attentat. C'est le chaos sur la route de Malaga.

Ils attendent. D'autres touristes viennent se mettre derrière eux. Tous fatigués, rouges et bronzés. Les enfants dorment sur les épaules des adultes.

« J'ai fait un rêve, ces derniers jours, dit-il.

– Quoi ?

– Un rêve. Un rêve qui revient. Toujours le même.

– Mmh.

– Je crois l'avoir déjà fait. Autrefois.

– Et c'est quoi ?

– Je ne sais pas si c'est lié. Lié à tout ça.

– C'est quoi, ton rêve ?

– Je me réveille dans une chambre. Je ne reconnais pas où je suis. Il y a quelqu'un couché à côté de moi.

– Je ne suis pas sûre de vouloir entendre la suite, Peter.

– Le pire est à venir.

– Je ne veux pas savoir.

Il voit des hommes en costume noir dans l'entrée principale, ils sont quatre. Visiblement ensemble, ils s'arrêtent dix mètres après l'entrée, regardent autour d'eux dans le hall. L'un d'eux compose un numéro sur un portable et le colle à son oreille.

La queue avance d'un mètre.

D'autres gens sont venus s'agréger derrière eux. La queue fait peut-être trente mètres de long.

Nous ne sommes qu'une longue file anonyme, pense-t-il. Nous sommes invisibles. Nous ne sommes rien.

Ils sont presque arrivés à présent, ils attendent derrière un couple suédois d'âge mûr qui discute le poids de ses bagages avec le personnel d'enregistrement. La guide touristique est appelée à la rescousse.

« Mon Dieu », souffle tout bas Peter.

Les quatre hommes en noir se sont rapprochés. Ils semblent étudier soigneusement tous les visages. Ils se faufilent discrètement entre les gens, l'air de rien. Comme s'il n'y avait aucun lieu de s'inquiéter. Que ce n'était que la routine.

La discussion s'éternise devant Rita et Peter. Ces foutus Suédois avec leurs foutus bagages ne lâchent pas le morceau. La valise de la vieille semble contenir une Range Rover en pièces détachées. Elle pèse une tonne.

« Elle ne pèse pas plus qu'à l'aller, argue-t-elle.

– Elle est trop lourde, objecte la guide. Beaucoup trop.

– Dis quelque chose, Lars ! s'énerve la vieille.

– Elle est trop lourde, rétorque Lars. Je te l'avais dit. »

La vieille regarde Peter et Rita.

« Avec de tels amis, on n'a pas besoin d'ennemis », déclare-t-elle.

Ils ne répondent pas. La vieille se retourne.

« Je n'ai jamais vu ça », se plaint-elle.

Son mari s'est renfermé sur lui-même, comme quelqu'un qui voudrait disparaître. Comme un homme qu'on aurait forcé à sortir de sa propre ombre.

« Il vaudrait mieux vous mettre sur le côté », dit la guide. Elle a l'air nerveuse, malheureuse elle aussi, aux prises une fois de plus avec la bêtise et l'arrogance.

« Je n'irai nulle part ! fait la vieille. Je veux rentrer chez moi ! »

Peter entend murmurer autour de lui. Les gens commencent à s'impatienter. Il y a de l'agressivité dans l'air, comme un vent qui se serait levé dans le hall d'aéroport. On se sent à présent comme dans un hangar ouvert à tous les vents, abandonné, un mauvais endroit. Certains endroits n'étaient pas si bien que ça, mais nous non plus.

Personne ne sort du rang pour cogner cette putain de vieille. Son mari ne vaut rien. Il le ferait bien lui-même. Mais taper une femme... Ce n'est pas bien. Il n'a jamais frappé une femme, ce n'est pas bien. Il se retourne, voit les visages désespérés derrière lui, tous des Suédois coincés, en plein combat intérieur, affreusement tentés de s'arracher les vêtements et de courir nus en glapissant à travers le hall de l'aéroport. Crier, crier, manger leur slip. Enfin pouvoir le faire, ne plus devoir ravaler leur colère comme on ravale son vomi quand il remonte. Ce n'est pas agréable d'avaler. Ça peut être dangereux.

Il ferme les yeux. C'est là que je vais ? Vers ça ? J'ai ce que je mérite.

Il entend la vieille crier dans ses oreilles. Il ouvre les yeux. Elle est emmenée par la Guardia Civil. Ils s'y mettent à plusieurs. Lars suit, bien sûr. Ils disparaissent dans une pièce derrière le comptoir d'enregistrement. Deux hommes traînent sa valise. Peter s'attend à en voir couler de l'essence. Il ne sent aucune odeur.

C'est à eux. Rita tend les billets. Ça hurle dans sa tête, la scie à ruban tourne à plein régime. Hurle, vrombit. Il n'entend plus rien, c'est comme avant, comme s'il était tombé dans une cellule sourde, une cellule en verre qui laisse passer les images mais aucun son.

La femme derrière son ordinateur dit quelque chose à Rita.

Elle répond.

Il n'entend rien.

La femme parle à nouveau. Elle ressemble à un point d'interrogation.

Maintenant il entend. Elle demande où sont leurs bagages. Il n'y en a pas. La vie est bizarrement faite : d'abord quelqu'un avec une valise d'une tonne, puis rien. Eux, rien.

On leur donne leurs cartes d'embarquement. Ils sont presque passés. Son visage doit être comme celui de Rita, qui exprime le soulagement, l'incertitude, la peur. C'est trop beau pour être vrai.

Ils passent la sécurité. Il se retourne en enlevant sa ceinture. Là-bas, les hommes en costume noir continuent de circuler entre les queues. Ils recherchent peut-être les poseurs ou poseuses de bombe. Des policiers en uniforme patrouillent plus loin. L'aéroport est un État policier.

Le pistolet ne lui manque pas. Il s'est envolé de la voiture comme une hirondelle, pour atterrir dans un terrain vague à l'extérieur de Torremolinos. Une arme non identifiée de plus sur la côte.

Ils sont passés. Ils se regardent, incrédules. Ça ne peut pas être si simple.

« Ça ne peut pas être si simple, dit-elle.

– Ça n'a pas été simple.

– Quand même.

– Réfléchis. On a tout bien fait. Quand on fait tout bien, on a du temps. C'est comme les meilleurs footballeurs. Ils ont toujours le temps.

– Ou les joueurs de volley, ajoute-t-elle.

– Personne n'a eu le temps de réagir.

– Tiens, là, une banquette, désigne-t-elle. Il faut que je m'assoie. Mes jambes ne me portent plus. »

Ils s'assoient. Les gens bougent autour d'eux. Quelque part, un petit enfant crie de fatigue, crie sans arrêt.

Ils ne peuvent pas parler de ce qui s'est passé ce soir. Il n'y a pas de mot, c'est trop insensé. C'est trop rouge, pense-t-il, tout est devenu trop rouge. Le sable est devenu rouge, ou noir ? La mauvaise lumière le faisait sembler noir, mais il était rouge.

Elle téléphone. Pas de réponse. De l'autre côté aussi elle a essayé. Elle le regarde.

« Ça ne nous aurait pas aidés si maman avait eu un portable, dit-elle. Pas maintenant.

– Non.

– Qu'est-ce qui nous attend, à la maison ? Je n'ose pas y penser.

– Nos filles nous attendent, affirme-t-il.

– Tu y crois ?

– C'est la seule chose à laquelle je crois.

– Pourquoi s'y fier ?

– Parce que... parce que nous n'avons rien d'autre. »

Il se lève.

« Je vais aux toilettes.

– Tu es forcé ? Je ne veux pas rester seule.

– Je vais me pisser dessus.

– Ce n'est pas le moment.

– Ce n'est jamais le moment. »

Les toilettes sont désertes. Il n'est pas sur le point de se pisser dessus. Il n'a plus aucune fonction sous la ceinture qu'il vient de remettre. Il ne sent presque aucune partie de son corps. Quand il touche sa peau, il a l'impression de toucher de la glace. Mais il ne s'y colle pas, ce n'est pas comme

231

toucher de la glace du bout de la langue. C'est une glace d'un autre genre.

Les toilettes sont nues, carrelage et lumière bleue, comme de la glace. Tout ressemble à de la glace là-dedans. Il a froid.

Il ne reconnaît pas son visage dans le miroir. Il est enfin devenu un autre.

L'eau lui fait du bien, il s'asperge d'eau glacée, ferme les yeux, ne pense à rien pendant une seconde. Quand il observe à nouveau ses yeux dans la lumière froide, il y reconnaît quelque chose. Tous les autres traits du visage sont ceux d'un étranger.

Salut, le Suédois.
Rebonjour. Je ne savais pas que je connaissais le Portugais.
Le Portugais ?
Aitor dit que tu es portugais.
C'est vrai.
D'accord. Après tout, je suis bien suédois.
Aitor dit que tu es danois.
Alors je suis danois. Tout ce que tu veux.
Aitor t'a montré notre maison ?
Quelle maison ?
La maison à Estepona. Sur la plage secrète d'Estepona ?

L'eau mouille son cou, son col, sa chemise. Ça fait du bien. Il aimerait plonger dans les vagues d'une mer froide. S'il avait droit à une dernière volonté, ce serait ça. Rita et lui quitteraient ce sas infernal et se jetteraient à la mer.

Une nouvelle queue s'est formée dans le sas, c'est à cela que sert un sas. À nouveau la sécurité. C'est sans fin.

Ils donnent leur carte d'embarquement à une femme dont le sourire n'atteint pas les yeux. C'est un sourire secret.

Ils franchissent la sécurité, suivent le mouvement, descendent un escalier, en montent un autre, les murs sont nus, la lumière est bleue. Il n'entend rien d'autre que le piétinement sur le sol dur. Personne ne dit rien. On se laisse conduire n'importe où, pense-t-il. Comme à la guerre. C'est comme ça que ça se passe.

Le couloir débouche sur un hall. Les parois sont en verre.

Ils sont à présent près d'un mur. Dehors, des bus vont et viennent. Là-bas, des avions en liberté. Un avion décolle vers le ciel noir. Ses lumières sont magnifiques, comme s'il s'envolait faire la fête au ciel.

Elle pense à Dieu. Me vois-tu, mon Dieu ?

« Il y a combien de sas dans cet aéroport ? demande-t-il.

– C'est le dernier.

– Voilà notre avion », dit-il en montrant la piste de la tête. L'appareil a l'air aimable, il a un nez gentil. Une fois rentré, il écrira un livre pour enfant sur l'avion au gentil nez.

« C'est bientôt le moment, annonce-t-elle.

– Oui, bientôt. »

Un bruit derrière eux les fait se retourner. La porte vitrée vers les bus s'est ouverte. Un couloir mène de la salle d'attente à l'arrêt de bus. C'est à quelques mètres seulement.

La masse humaine avance dans le couloir, le dernier couloir. Plus que quelques mètres. Ils essaient de marcher au milieu.

Il voit une porte s'ouvrir brusquement dans la cloison sur la gauche. Il n'y avait pas de porte. Il n'avait pas vu de porte. Il agrippe Rita. Elle s'agrippe à lui. Ils sont plaqués contre le mur. Elle manque de trébucher. La foule les pousse vers la gauche, vers l'ouverture dans la cloison. Ce n'est qu'à un mètre. Il voit de la lumière là-dedans, jaune et sale. Il sent la main de Rita, ses doigts sont froids comme la pierre, durs comme la pierre et il ne la lâche pas quand on les pousse dans le jaune.

15

La porte se referme derrière eux. Sa tête tourne, percée d'une note aiguë, infernale. Il reçoit un coup dans le ventre qui le fait tomber en avant.

Il est à genoux, essaie de respirer. Aucune pensée n'a plus prise dans sa tête, il n'y a plus que ces notes aiguës, ce bruit blanc. Quelque chose monte dans son corps. C'est la peur. Il la vomit sur les chaussures qui sont devant lui. Un cri au-dessus de sa tête. Un coup de pied dans la poitrine, un coup à la tête.

Ils sont assis à l'arrière d'une grosse voiture qui sent le cuir et le tabac. On les a traînés, portés, poussés dans des couloirs à l'intérieur, ou plutôt sous l'aéroport. Il faisait froid, c'était sous terre.

Il ne fait plus froid à présent. Il sent la sueur couler sur ses yeux. Ça tambourine dans sa tête, au-dessus de la tempe gauche. Il essaie d'y porter la main, mais il est menotté par devant. Mains jointes comme pour prier. Il ne veut pas bouger la tête. Il cligne des yeux pour chasser le sel, la sueur est plus salée sur la côte. Il connaît les odeurs de la côte. La voiture roule près de l'eau. C'est la vieille route. L'odeur de la mer est forte. L'obscurité est forte. Il se tourne et voit son visage. Ses yeux rencontrent les siens. Elle ne dit rien. Elle a les yeux écarquillés, apeurés, comme si elle regardait un monstre. Il détourne le regard. Il peut au moins lui épargner ça.

Ils ne croisent aucune voiture. C'est comme conduire sur une route secrète. Il la connaît bien. Ça a été sa route, sa route jusqu'à Estepona.

La pension La Malagueña a été son premier domicile, à côté de la plaza Las Flores.

Elle lui avait appris à acheter les poissons directement aux pêcheurs, puis à les faire griller dans une *freiduría* pour le déjeuner.

À l'époque, Estepona avait la plus grande flottille de pêche de la côte.

Ils avaient vu les bateaux partir, les avaient vus revenir.

Il y avait toute une vie sur la côte.

Jamais je ne te quitterai, disait-il.

Ils roulent à travers un paysage désolé, comme un désert. La lune éclaire la nuit d'une lumière blême. Il voit les contours de ce qui pousse dans le sable. Il s'était arrêté là vingt ans plus tôt et avait pris une photo, étonné que quelque chose puisse pousser dans le sable mort. La photo est chez lui, dans son coffre-fort, parmi d'autres de lui avec Aitor Usetxe, Naiara Ibarretxe, Jesús Maria Montañas, dans différentes combinaisons. Différents sourires. Mais toujours des sourires. Des photos de lui et Naiara à l'Hostal Andalucía à Ronda, les palmiers par la fenêtre. Son sourire.

J'aime ton sourire.
Tout le monde l'aime. Je veux dire, tout le monde aime les sourires. C'est toujours mieux que les grimaces fâchées.
Mais qu'est-ce que tu veux dire ? demande-t-il en souriant.
Il faut que j'explique ça ?
Oui.
C'est le problème avec toi. Il faut tout t'expliquer.
C'est plus facile comme ça.
Qu'est-ce qui est plus facile ?
La vie.
Tu te trompes, dit-elle en souriant.

La silhouette des montagnes sur la droite a disparu tandis qu'ils roulent vers l'ouest. La mer est toujours là, les dunes, les odeurs familières. Si seulement il pouvait fermer les yeux. Rester ici. Si seulement.
Le grondement dans ses oreilles a baissé, il s'est mêlé au grondement de la mer. Il la regarde à nouveau. Elle regarde la mer. Les hommes à l'avant regardent la mer. Tout le monde regarde la mer. Il voit le phare là-bas. Ceux qui vivent ici savent qu'ils sont chez eux quand ils voient le phare. Ils sont rassurés.
Ils entrent dans Estepona. C'est toujours un village de pêcheurs monté en graine, constate-t-il. Il voit sur la gauche le vieil Hotel Mediterráneo. Il a une photo où il est assis devant le Mediterráneo

237

avec la mer et le sable à l'arrière-plan, les deux palmiers près de l'entrée à l'arrière-plan. Lui et Aitor. Ou bien est-ce avec Jesús ? Ou encore Jesús et Aitor ? Les palmiers sont toujours là, dans une lueur bleutée.

Je comprends où nous allons, se dit-il.

Cette nuit, la silhouette de la maison est la même que toutes les autres nuits où il est venu là. Une douce lumière sur la véranda. La voiture roule sur la plage vers la maison. Elle est à quelques mètres de la mer.

Ils ont toujours la lueur d'Estepona derrière eux, Costa Natura se trouve plus loin, un kilomètre après la maison, le paradis des nudistes. Il n'y est jamais allé. Il s'est baigné ici, mais jamais sans vêtements.

Cette plage est secrète. Elle n'a pas de nom.

Ils sont arrivés à la maison. Le moteur est coupé. Les phares s'éteignent.

Ils s'extraient de la voiture. Rita crie quand ses menottes s'accrochent quelque part. Il essaie de dire quelque chose, mais il ne sait pas quoi.

Ils sont à présent dehors. Il regarde vers le ciel. Un avion s'élève en clignotant dans l'espace. Il essaie de lire l'heure à sa montre, mais il n'y a pas assez de lumière.

On le bouscule vers la maison.

Ses pieds semblent plus légers sur le sol caillouteux autour de la maison, comme si le sang circulait plus facilement. Ses mains sont lourdes. Ses poignets lui font mal. Il voit qu'elle a mal. Il veut à nouveau dire quelque chose, mais ne sait pas quoi, il n'arrive pas à trouver le moindre mot. Elle n'a pas l'air d'attendre le moindre mot de sa part.

Ils montent par l'escalier de la véranda. Le même bruit qu'à l'époque, les mêmes marches qui grincent.

Il voit une silhouette, là-bas dans l'ombre. Le bout incandescent d'un cigare luit comme une étoile rouge.

Ils sont sur la véranda. Peter lève les yeux vers la lumière. Toujours la même ampoule nue, la même pauvre lumière.

La silhouette s'avance dans le halo.

« Bienvenue », l'accueille Aitor Usetxe.

Aucun d'eux ne répond.

« Comme tu vois, rien n'a changé depuis le bon vieux temps, mon ami, dit-il.

– Comment as-tu pu garder la maison ?

– Pourquoi ne l'aurais-je pas gardée ?

– Pourquoi sommes-nous là ?

– Tu réponds à ma question par une question.

– Réponds d'abord à la mienne. C'est la seule qui vaille.

– Ha, ha.

– Je te demande juste de répondre, Aitor.

– Vous avez essayé de nous faire une surprise.

– Nous… oui, peut-être bien.

– Je n'aime pas les surprises. » Il tire à nouveau sur son cigare. « Jamais aimé ça. »

Il jette son cigare au loin. Il tombe sur la terre dure comme une étoile filante.

« Pourquoi ne pouvais-tu pas simplement nous laisser partir ? »

Rita a tourné son visage vers Aitor. Elle a avancé d'un pas. Peter entend un mouvement derrière lui.

Il se retourne. L'homme de la voiture est à la moitié de l'escalier, l'arme au poing. Il se retourne à nouveau vers Aitor.

« Il est mort, dit-il. Je suis sûr que tu l'as vu toi-même. Quand ça s'est passé. »

Aitor ne répond pas. Son regard est ailleurs, derrière eux. Peter se retourne encore. Il n'y a rien au-delà de l'homme sur les marches, rien que la nuit.

« Qu'est-ce que vous nous voulez, à présent ? » intervient Rita.

Aitor tourne son regard vers elle.

« Je veux que vous écoutiez une histoire. Que vous écoutiez bien tous les deux. »

Il fait un signe à l'homme dans l'escalier. Il invite d'un geste Peter et Rita.

« Entrez, je vous en prie. »

En franchissant le seuil, il aperçoit d'autres hommes dans l'ombre, sur la véranda. Une armée.

« C'était ici que nous devions nous revoir, dit Aitor. Encore une fois, rendez-vous à Estepona. »

La maison est aménagée avec simplicité et élégance. Ni trop ni pas assez. Le sol est couvert du même parquet brillant inusable, doux et dur en même temps. Un tapis gris couvre le centre de la pièce. Il a l'air très luxueux.

Ils s'assoient tous les trois, Peter et Rita dans un canapé, Aitor dans un fauteuil. Derrière Aitor, un beau tissu imprimé couvre une grande partie du mur. Peter le reconnaît. Il représente le combat pour la liberté au nord du pays. Il représente l'éternité. Il représente la fin des temps. Il sera toujours là quand tout le reste aura disparu, et c'est pour cela qu'il vaut plus que la vie. Aitor le lui avait expliqué à l'époque. Ou était-ce Naiara ?

Peter balaie la pièce du regard.

« Tu reconnais ? La pièce ? La maison ? »

Il ne répond pas. Il voit la nuit par les fenêtres. Les fenêtres sont comme des tableaux noirs.

« Il y a vingt ans, tu étais assis exactement à la même place, mon ami. Le canapé est neuf, mais c'est la même place.

– Qu'est-ce que ça signifie ? dit Rita.

– Votre mari est déjà venu ici, répond Aitor.

– Je sais. Il m'a raconté. Il a tout raconté. »

Une lueur s'allume dans les yeux d'Aitor.

« Tout ?

– Aitor, s'il te plaît, intervient Peter, arrête ce... show. J'ai fait ce que tu voulais que je fasse, tu dois...

– FERME TA GUEULE, le coupe Aitor d'une voix brutale, je te demande juste de FERMER TA GUEULE. »

Il se tourne vers Rita, ses yeux brillent à nouveau.

« Je parle à ta femme, continue-t-il.

– De quoi voulez-vous me parler ? dit-elle.

– De ce qui s'est passé. »

Il jette un coup d'œil à Peter.

« Il m'a manqué. M'a trahi. »

Il regarde à nouveau Rita.

« Et eux... à cause de lui... à cause de ce qu'il a fait j'ai perdu mon frère. Mon seul frère. Mon petit frère. »

Il dit ça d'une voix calme, mais il n'a plus l'air calme. La lueur dans ses yeux s'est transformée en autre chose, quelque chose de plus grand.

Il se lève.

« Dix-neuf ans, poursuit-il. Tu m'as envoyé dans une cave pendant DIX-NEUF ANS ! »

Il montre Peter.

« Et lui, il y a échappé. Ce salaud a échappé à tout.

– Mais il était obligé de se cacher. De s'échapper. De changer de nom. De quitter... tout.

– Ce n'est rien du tout, rétorque Aitor. Ce n'était rien du tout, *nada y nada y NADA*.

– Et il a fallu qu'il attende. Il a fallu qu'il attende... jusqu'à cette journée terrible.

– Rita..., dit Peter.

– Il a fallu qu'il vive en redoutant ce jour, continue-t-elle. Tous les jours. Et ce jour est arrivé. Il n'est pas fini. Et je suis là moi aussi.

– Nous sommes tous là, renchérit Aitor, personne n'y peut rien.

– Mais comment allons-nous sortir de cette journée ? demande-t-elle en regardant par la baie vitrée, comment allons-nous sortir de cette nuit ?

– VOUS allez en sortir, Rita. Je vous le promets. »

Il tend soudain sa main, comme pour tenir la sienne. Elle pourrait la saisir. Elle n'a plus de menottes.

« Mais il a payé ce qu'il devait... ce qu'il a été forcé de payer. »

Elle a l'air sur le point de se lever.

« Moi aussi, j'ai payé », dit-elle.

Peter tente de se lever.

Il entend quelque part un cran de sécurité qu'on ôte. Le bruit fait l'effet d'une détonation dans la grande pièce. Il ne voit pas d'arme dans la pièce. L'homme qui garde la porte ne tient pas d'arme.

Peter se rassoit.

Aitor aussi. Il se penche à présent vers Rita.

« Je vais vous raconter ce que votre actuel mari doit payer.

– Que... que voulez-vous dire par *actuel* ? »

Aitor ferme les yeux, sans répondre. Il a l'air de revoir une scène intérieure. Ses yeux restent fermés encore quelques secondes.

« C'était sur la plage », dit-il.

La silhouette de quelqu'un qui lève un bras, sur le pont, à bord du yacht qui a glissé dans la baie, en provenance de Costa Natura. Le ciel s'éclaircit d'une nuance à l'est, au-dessus des montagnes blanches.

Des silhouettes d'hommes qui avancent dans l'eau vers le yacht.

Un canot. Plusieurs canots. En route vers la plage.

On soulève des caisses.

Les silhouettes portent la marchandise sur la plage. C'est un groupe de cinq hommes. Le ciel s'éclaircit encore. Les canots attendent les caisses vides. Là-bas, le yacht attend de repartir vers le large. Tout est silencieux.

Des mains ouvrent une caisse, deux. On entend un faible sifflement, ou peut-être un soupir.

Des mains fourrent des sachets dans de grosses sacoches de cuir. Les sachets sont en plastique épais. Ils contiennent une poudre blanche.

« Tout était là, dit Aitor. Il y avait beaucoup de sachets, ils y étaient tous. »

Rita a vu elle aussi la scène, presque en même temps. Aitor est un bon conteur, il sait créer des scènes par son récit.

« Tout avait marché comme prévu. Nous allions nous en aller. Tout avait été parfait.

– Mais ce n'était pas de la contrebande d'armes ? interroge-t-elle.

– Si. Entre autres. »

Des mains fourrent des sachets dans les sacoches.

Quelqu'un se lève devant la caisse vide. Il porte une sacoche à l'épaule. Le clair de lune mourant éclaire son visage, à moins que ce soit la lumière de l'aube. C'est Peter, tout jeune encore.

« Après, il en manquait une partie, raconte Aitor. Une partie de l'or blanc. »

Les hommes emmènent les caisses sur la bande de plage, dos à la végétation. Derrière les montagnes, l'horizon s'éclaircit. Le temps s'arrête.

« Et alors l'enfer a éclaté. »
Aitor se lève.
« L'enfer s'est abattu sur nous. »

Les projecteurs sont partout. Tous braqués sur le groupe d'hommes. Ils sont toujours sur la plage, prisonniers sur la plage. Cris. Bruit d'armes automatiques. Cris. Feu.

Un homme commence à tomber. Cela se passe lentement, presque dignement.

Profond cri d'angoisse d'un homme resté debout.

Les projecteurs touchent son visage. C'est Aitor, tout jeune encore.

Il se précipite vers une personne qui gît sans vie sur le sable.

« Jou ! Jou ! »

Les balles crépitent dans le sable autour de lui tandis qu'il court.

Derrière un projecteur : Jesús Maria Montañas, tout jeune encore.

Jesús fait un geste du bras en direction de l'homme à terre.

Un policier à côté de lui tire.

« C'était une exécution. Montañas l'a exécuté. »

Aitor est toujours debout. Il regarde Peter. Peter ne dit rien. Il baisse les yeux vers la table, comme s'il y avait là quelque chose. Mais il n'y a rien. La table ne vient pas du passé et le passé n'est pas son allié.

« Comment savait-il que nous serions là, à ce moment ? »

Il montre la fenêtre, par la fenêtre.

« LÀ, À CE MOMENT ? »

Rita regarde Peter. Peter baisse les yeux vers la table.

« Je vais expliquer comment Jesús pouvait savoir », dit Aitor.

Il se penche et tape une épaule de Peter, très légèrement.

« Tu nous as trahis. »

Peter lève les yeux.

« Non.

– En prison. C'est là que je l'ai su. Mais je t'ai toujours soupçonné.

– Su quoi ? demande Rita. Su comment ?

– J'ai su sa trahison. »

Peter le regarde.

« C'est en prison que tu as appris ma nouvelle identité ?

– Non.

– Je ne comprends pas, dit Peter.

– Ce n'était pas en prison. C'était par un autre... informateur.

– Un autre traître, corrige Peter.

– TA GUEULE ! »

Rita se lève.

« Ça peut être des mensonges ! s'exclame-t-elle. Tu ne dois pas le croire. »

Aitor se tourne vers elle.

« Quoi ?

– Tout le monde ment », dit-elle.

Aitor lève les yeux, sans lui répondre. Il fait un signe de tête à l'homme qui garde la porte.

L'homme ouvre la porte.

Deux autres hommes entrent. Ils s'approchent de Peter, l'attrapent sous les bras, le soulèvent, vers la porte.

« Peter ! Peter ! »

Elle tente de bouger. Elle est retenue par l'homme qui garde la porte.

On devine dehors la lueur de l'aube, ténèbres plus pâles. Il aurait voulu ne jamais quitter cette maison. Même cette fois-là. Il aurait voulu ne jamais la quitter. Il aimait cette maison. Il avait été forcé de la quitter, en sachant qu'il ne reviendrait jamais.

Et pourtant, tout ce temps-là, c'était là qu'il se dirigeait. Et maintenant il est arrivé. Et on le traîne dehors. On le traîne en bas de l'escalier. Il entend Rita crier. Mais pas les mots. Le grondement de la mer est trop fort. Il est dans sa tête. Il est là pour rester. C'est plus fort que la vie, pense-t-il, plus fort que la vie.

À présent, il y a du sable sous ses pieds, il sent le sable entre ses orteils. Il n'a plus de chaussures. Pourquoi n'a-t-il plus de chaussures ? En avait-il seulement ?

À présent, il est couché par terre. Il a du sable dans la bouche, sa tête est dans le sable. Il essaie de bouger la tête. La lumière est d'un bleu incompréhensible, c'est la lumière de la lune, elle commence à se mélanger à celle de l'aube, ce qui veut dire que ce n'est plus ni le jour ni la nuit, il y a encore du temps, la nuit se défait, le jour n'est pas encore prêt et il est encore en vie. Il sent encore la mer déferler dans son crâne. À présent, quelqu'un attrape sa tête, l'arrache au sable. Le visage d'Aitor flotte devant lui. Il est couvert d'horribles ombres, comme s'il se les était peintes sur le chemin de la plage. Il doit s'être agenouillé. Je suis couché, Aitor doit s'être mis à genoux devant moi.

« C'est ICI que mon frère a été assassiné ! Juste là ! »

Il enfonce à nouveau la tête de Peter dans le sable. C'était là. Ça sent toujours le sang. Le sable est toujours noir. Ça n'a rien à voir avec l'aube.

Sa tête refait surface. Le sable est une mer. On ne fait pas la différence, là où l'un finit l'autre

247

commence. C'était vers là qu'il allait, toute sa vie il a été en route et à présent c'est fini. Il est enfin arrivé. Lui reste-t-il deux minutes ? Quatre minutes ? Il est bientôt arrivé. Bientôt, sa tête va exploser au milieu du grondement de la mer et de la plage.

« C'est ICI », entend-il Aitor crier.

Il dit quelque chose, il entend sa propre voix, ne la reconnaît pas.

« Personne ne devait être blessé.

– Quoi ?

– Quand ton frère est mort. Il avait dit que personne ne serait blessé. Il avait promis que personne ne tirerait un seul coup de feu. »

Rita est à quelques mètres de là. Il ne peut pas voir si elle est retenue, attachée quelque part. Lui n'est plus attaché à rien à présent. Aitor a lâché sa tête.

« Il avait promis...

– Tu lui as parlé de cette plage. Tu lui as parlé de cette nuit. »

Il ne peut pas parler.

« La grande nuit, dit Aitor. La grande nuit à Estepona.

– Je... Je n'avais pas le choix.

– Et après, tu lui as dit quoi ? »

Aitor attrape sa tête. Il a du sable dans les cheveux, dans les yeux, la bouche, le cou, du sable partout.

« Tu t'en es tiré avec de l'héroïne pour trois millions de dollars ! Ça aussi, tu le lui as raconté ? »

Le visage de Rita est devant lui. On a dû la conduire ici. Son visage est tourné vers elle, Aitor l'a tourné. Son visage est comme phosphorescent.

Quelque chose éclaire son visage. C'est parce que je le vois pour la dernière fois, se dit-il. Il sait qu'elle les a entendus, lui et Aitor. J'espère qu'elle pense que je mens. Que je dis n'importe quoi. Qu'Aitor dit n'importe quoi, ce qui est la vérité. Qu'elle n'y croit pas. Ne crois pas la vérité. *Don't believe the truth.*

À présent, Aitor tient un pistolet à la main. Il ne voit pas la marque. Ils se ressemblent tous. Ils sont noirs. Le bruit est effroyable quand il ôte la sécurité. Il braque l'arme sur la tête de Peter. Il n'y a plus aucune distance. Il y avait de la distance quand il a tiré sur Jesús, une petite distance.

« Trois millions pour la mort de mon frère ! Est-ce que ça les valait ? »

Il sent la pression de l'arme sur sa tempe. C'est l'endroit le plus fragile. La tempe n'est pas protégée. C'est la partie du crâne la plus fragile. On peut très facilement le trouer.

« EST-CE QUE ÇA LES VALAIT ?

– Il... il avait dit qu'il n'y aurait pas de fusillade. Pas... de morts. Il l'avait promis ! »

Peter est à genoux. Le visage d'Aitor flotte là-haut, comme la lune. Il n'y a plus de traits. Chez personne. Ils ont été depuis longtemps effacés. Depuis, ils portent des masques.

Aitor le regarde au bout du canon du pistolet. La perspective aidant, il semble faire un mètre de long. Ici, tout se ramène finalement à ça. Un mètre. Voilà l'endroit où il est agenouillé, où Aitor est debout. Voilà l'espace où il peut être à genoux, Aitor à côté de lui. Un mètre carré. Leur prison.

« Il est mort, Aitor. Tu l'as bien vu. Jesús a disparu. C'est moi qui ai fait ça, l'ai abattu. Il est mort. J'ai payé pour mes péchés.

« Dans deux secondes tu l'auras fait. »

Les secondes passent. Et c'est une explosion blanche sur la plage.

16

Il fait jour sur la plage. Partout une lumière inouïe.

Aitor est ébloui. Peter voit son visage ébloui et blanc, aveuglé et perdu.

C'est comme la dernière fois. Les projecteurs inouïs déversent leurs faisceaux. Des cris inouïs sur la plage.

Il ne peut pas voir derrière les projecteurs, ne peut pas voir Jesús Maria Montañas derrière un projecteur.

Autour de Jesús se tiennent quatre hommes en costume noir. Ils sont arrivés par la route secrète. Jesús est arrivé par la route secrète.

Aitor tente de se protéger le visage contre la lumière aveuglante, une main levée devant. Son pistolet est toujours braqué sur la tête de Peter.

« Je préférerais éviter de t'abattre, Aitor », fait la voix de Jesús au-dessus de la plage, de la mer, des rochers, de la maison. Le haut-parleur donne du retard à sa voix, comme s'il parlait de très loin. Mais il est là. Enfin là, soupire Rita.

« Lâche ton arme ! Ça vaut pour tout le monde ! Lâchez vos armes ! Vous êtes cernés. LÂCHEZ VOS ARMES ! »

Aitor regarde fixement Peter, à ses pieds. Il tient toujours son pistolet.

Il se tourne vers Rita. Elle est terriblement calme, sur le sable. C'est à quelques mètres seulement. Je suis une statue, pense-t-elle. Je viens aussi d'avant. J'appartiens aussi au passé.

Elle revoit le passé proche défiler dans sa tête en un éclair. Peut-être ferme-t-elle les yeux. À quand cela remonte-t-il ? Deux jours, peut-être deux jours. Qui s'en souvient ? Mais elle, elle se souvient, elle a traversé la place devant la belle église, est entrée dans le trou du mur, dans le bar. Elle se souvient du nom, Bar Azul. La femme qu'elle avait suivie était devant le comptoir. Elle s'est approchée, l'a accompagnée dans l'arrière-boutique. Un homme qu'elle ne connaissait pas est entré. Il avait l'air suédois, de leur âge. La pièce nue sentait le tabac et l'alcool. Partout, des caisses. Elles contribuaient à la nudité de la pièce. Il y avait un pistolet entre eux, sur la table. Naiara lui a dit qu'elle avait juste à le prendre dans son sac. Mettez-le juste dans votre sac. N'ayez pas peur, Rita. Naiara avait de si beaux cheveux, ils restaient beaux dans cette pièce laide. Je n'ai pas peur, a-t-elle songé en retraversant la belle place, je n'ai plus peur de rien.

Mais elle a terriblement peur maintenant qu'Aitor la regarde. Il pourrait braquer son arme sur elle. Il tourne son regard vers la grosse voix, droit vers le projecteur d'où semble provenir la voix. Il comprend peut-être, ou pas. Il pense peut-être à la mort. Ou à la vie. À la résurrection.

Aitor revoit Peter sur la plage, avec le pistolet, Jesús qui se dirige vers lui, le temps figé avant de s'écouler à nouveau à une vitesse inouïe, les coups de feu, le sang, la confusion, l'effroi, tout cela il l'a vu dans sa lunette. Pas besoin d'en voir davantage. Il a vu Naiara se précipiter dans l'ambulance, il a vu son effroi, l'a entendu, l'a surtout entendu, partout il l'a entendu, il s'entendait jusqu'au large. Pas besoin d'en entendre, d'en voir davantage.

Mais il ne l'a pas vue dans l'ambulance. Elle a crié face à l'homme assis sur le brancard. Elle a crié si fort qu'il a dû se boucher les oreilles. Tout le monde, dans l'ambulance, a dû se boucher les oreilles. Jesús Maria Montañas était assis sur l'étroit brancard, en face d'elle, il arrachait les restes des poches en plastique qu'on lui avait collées sur le corps. Il en coulait encore du sang de cochon. Le méchant sparadrap lui laissait des marques rouges sur le torse. Il essayait de l'arracher d'un coup sec pour avoir moins mal. L'homme qui courait avec lui était assis à côté et s'essuyait le visage avec un chiffon taché de rouge. Tous ont été ballotés dans l'étroit habitacle quand l'ambulance a démarré sur la plage, le hurlement de ses sirènes plus fort que les cris de Naiara.

Peter voit à nouveau ses yeux. Aitor le dévisage à nouveau. Il y a quelque chose dans le regard d'Aitor qu'il n'a vu qu'une fois auparavant, il y a longtemps. Aitor comprend, il sourit, le sourire du perdant. C'est toujours mieux avec le sourire. Dis-le avec le sourire. C'est le problème avec toi, avait-elle dit, il faut tout t'expliquer.

On n'avait pas tout expliqué à Aitor, mais il savait. Tout était peut-être plus facile pour lui, à présent. C'était plus facile pour eux deux. Il n'y avait plus que cet ici, ce maintenant. Aitor tenait toutes les questions dans sa main, et il lui suffisait d'une pression de l'index pour qu'ils aient chacun toutes les réponses en une seule explosion, terriblement belle, ou peut-être deux : d'abord moi, puis lui. Il entend la voix d'Aitor :

« *Hasta la vi...* »

L'explosion se produit alors qu'il parle encore, et il n'y en a qu'une. La tête d'Aitor s'emplit de lumière, comme si le ciel avait fait descendre sa gloire sur lui. Son visage tombe, vers Peter, tombe au ralenti, en silence. Il grandit, tombe, tombe. L'ombre tombe sur lui, il tombe dans l'ombre.

Elle est assise, une couverture sur les épaules, blottie dans un coin du canapé. Son visage brille. Elle presse le portable contre son oreille.

« On se voit demain, ma chérie. Ou peut-être ce soir. J'ai un peu la tête qui tourne, ma grande. Oui. Oui. Je vais bien. Papa aussi. Oui. Oui. Bisous. Ne t'inquiète pas. Oui. Oui. Bisous ma chérie. »

Peter et Jesús sont assis face à face. Rita est assise à côté de Peter. Elle a posé le portable sur la table.

Ils sont dans la maison secrète. À présent, il y a une autre lumière. C'est l'aube. Peter est terriblement fatigué. Le matin est donc revenu, pense-t-il.

Jesús s'adresse à Rita :

« Nous sommes-nous bien occupés de vos filles ? Et de votre maman ?

– Oui.

– On ne pouvait prendre aucun risque.
– Non. »

Rita hoche la tête. Jesús se tourne vers Peter :
« Comment te sens-tu ?
– Terriblement fatigué. Au bout du rouleau.
– C'est normal.
– Je ne savais pas... je ne savais pas s'il ne s'était rien passé avec ce fichu pistolet, au dernier moment. S'il y avait eu un problème au dernier moment... Si je m'étais trompé...
– Il n'y a pas eu de problème. Nous ne nous trompons jamais.
– Tu ne te trompes jamais, tu veux dire.
– Oui. »

Jesús sourit. C'est un sourire que Peter a déjà vu. Il appartient au passé.
« Et Aitor ?
– Il va s'en sortir. En tout cas, c'est ce que disent les médecins.
– Moi, je ne pensais pas m'en sortir. »

Il bouge un bras. Il a reçu un coup. Tout son corps est engourdi et douloureux, comme après une longue bagarre, une lente bagarre.
« Pourquoi as-tu mis tout ce temps ? dit-il.
– Nous sommes arrivés à temps.
– Comment ça ?
– Certains d'entre nous étaient là avant vous.
– J'aurais dû le comprendre. Mais pourquoi avoir attendu si longtemps pour les arrêter ?
– J'ai écouté votre conversation. Toi et Aitor. C'était intéressant. »

Il ne répond pas. Il regarde Rita. Elle détourne les yeux. Il regarde le mur derrière elle, il est nu. Au mur derrière Jesús, l'œuvre d'art sur la libération du peuple basque. Elle est toujours là maintenant que Jesús est assis à la place d'Aitor.

« Trois millions de dollars, dit Jesús d'une voix douce.

– Un mensonge. Ça ne s'est pas passé comme ça. Tu comprends ça, hein, Jesús ? »

Jesús ne répond pas. Il regarde longuement Peter, qui finit par détourner le regard. Il suit le mur jusqu'à une fenêtre. Dehors, l'aube rampe alentour. Mais bordel, qu'est-ce qu'elle attend ?

« Ta société a connu un démarrage fulgurant », dit Jesús.

Il regarde Rita. Elle se redresse sur le canapé.

« Vous avez été blessé, señor Montañas ?

– Appelez-moi Jesús. »

Il roule les épaules d'avant en arrière. Il lève les bras.

« Juste quelques bleus quand la balle à blanc a touché les poches de sang. »

Il fait une grimace.

« Du sang de cochon. Moi qui ne mange pas de porc. » Il rit. « Mais ça n'a rien à voir avec la religion.

– Et pourquoi, alors, Jesús ? demande Rita.

– Pas besoin de manger de porc quand on a du poisson et des crustacés. Non ?

– C'est vrai.

– Ici, c'est le meilleur endroit du monde pour les poissons et les crustacés.

– Les poissons et les crustacés sont-ils de cet avis ? » dit-elle.

Il éclate de rire.

« Je vous aime bien. »

Elle ne répond pas.

« Naiara vous aime bien. »

Il regarde Peter, sans rien ajouter. Peter regarde par la fenêtre. Il aperçoit la mer à présent, elle émerge de la nuit. Il lui semble l'entendre, à travers le grondement dans son oreille. Mais c'est peut-être juste ce grondement qu'il entend. Ce sera toujours un souvenir.

« Les balles à blanc ont fait vraiment mal », dit Jesús.

Peter ne répond pas. Jesús ne le quitte pas des yeux.

« Regarde-moi, s'il te plaît. »

Peter le regarde. Son visage est grave. Son rire s'est déjà envolé hors de la maison, au-dessus de la plage. Il ne reviendra jamais, se dit-il. Il restera à Estepona.

« Tu as vu la peur dans mes yeux ? demande Jesús. Là-bas, sur la plage.

– Tu l'as vue dans les miens ?

– Tu réponds à ma question par une question.

– Je t'ai répondu. C'était une réponse. J'ai eu autant peur. Plus. Je viens de te le dire. Imagine si j'avais eu... le mauvais pistolet.

– C'était peut-être le cas.

– Qu'est-ce que tu veux dire ?

– Tu comprends ce que je veux dire.

– Je ne comprends rien du tout. »

Jesús se cale au fond du fauteuil. Il ferme les yeux. Il a l'air encore jeune, pense Peter. Il n'a pas changé. Ça se lit sur son visage.

« J'avais confiance en toi, dit Jesús en ouvrant les yeux. Mais je dois avouer que pendant un dixième de seconde... au premier coup de feu...

quand je ne savais pas qui j'avais en face de moi...
Tu comprends ?

– Non.

– Je crois que tu comprends, mon ami.

– Tout le monde ici m'appelle son ami.

– Tu avais beaucoup d'amis, ici.

– Je vois que tu parles au passé.

– Tout change.

– Vraiment ?

– Je suis ton ami... Peter. C'est Peter, maintenant. Tu as changé ton nom.

– J'ai tout changé. Je suis devenu quelqu'un d'autre.

– C'est un aveu ?

– De quoi ?

– Par exemple d'un vol d'héroïne pour trois millions de dollars.

– C'est le fantasme d'Aitor, Jesús. Pas le tien.

– Et mon fantasme, c'est quoi ?

– Être le roi de la côte, puis peu à peu de tout le pays.

– Ce n'est pas un fantasme.

– Appelle ça comme tu veux.

– J'appelle ça une vision.

– Quelle différence entre une vision et un fantasme ?

– Les visions se réalisent. » Il rit. « Si on y croit dur comme fer.

– Tu es un homme dur.

– Parfois.

– Tu as toujours été dur. Même quand nous étions jeunes, tu étais dur.

– Peut-être. Peut-être est-ce la seule façon de vivre une vie entière. C'est un pays dur.

– Fait de plusieurs pays.

– Tu n'as quand même jamais cru à l'indépendance du Pays basque ?

– Pourquoi pas ?

– C'est une croyance naïve.

– C'est peut-être une vision.

– Non, réplique Jesús, c'est un fantasme.

– Que va-t-il arriver à Aitor ?

– Nous allons le remettre à la police, naturellement. » Jesús sourit à nouveau. « Dès que sa santé le permettra.

– Peut-être jamais, alors.

– Peut-être.

– Et de quoi l'accusera-t-on ?

– Tentative de meurtre.

– Mais c'est moi. C'est moi qu'on doit accuser.

– Tentative de meurtre sur ta personne. Un touriste ordinaire sur la Costa del Sol. La police prend ce genre d'affaire très au sérieux. Les autorités touristiques prennent ça très au sérieux.

– Personne ne sait rien.

– Moi je sais, mon ami. Ça suffit. Et nous avons bien plus contre Aitor. Les bombes, par exemple. C'est très grave.

– Il soutient que ce n'était pas lui.

– Tu vois, il raconte n'importe quoi.

– Il prétend que c'est toi.

– Tu vois ?

– Je ne vois rien du tout. J'ai été longtemps aveugle.

– Tu es un poète, mon ami.

– Mais il n'a jamais commis de tentative de meurtre contre toi.

– Il l'a planifiée. Ça suffit.

– Mais c'est moi qui l'ai exécutée.

– Et moi j'étais la victime. Partie prenante de la conspiration !

– Et moi », intervient Rita.

Il la regarde.

« Sans vous, rien n'aurait marché, Rita.

– Mais ça n'a pas marché, riposte-t-elle. Nous sommes ici.

– Juste un petit contretemps. Tout va bien, maintenant. Et vous devez venir dîner à la maison ce soir. Naiara vous attend. Vous pourrez prendre un vol tôt demain matin.

– Nous aimerions rentrer tout de suite. J'aimerais rentrer aujourd'hui.

– Il n'y a de billets que pour demain matin, désolé.

– Je comprends, dit-elle.

– Je sais que vous comprenez. Vous êtes intelligente.

– Je ne suis pas intelligente.

– Vous êtes intelligente. Ne croyez pas autre chose, Rita. »

Il se lève.

« Mais maintenant, le petit déjeuner ! Un bon petit déjeuner à Estepona ! *Churros, tostadas, bocadillos* ! J'ai faim !

– Je suis trop fatiguée pour aller où que ce soit », lâche Rita.

Elle fait un mouvement sur le canapé, comme dans une sorte de transe. Elle retombe.

« Je crois qu'il faut que je m'allonge un moment.

– Il y a une chambre dans la maison. Il faut faire le tour. »

Jesús fait un signe de tête à l'homme qui garde la porte. Il l'ouvre et sourit à Rita. Son visage change complètement.

Elle se lève du canapé et gagne la porte.

« Juste dix minutes », dit-elle.

Elle sort. L'homme referme derrière elle. Peter a le temps de voir la lumière dehors. C'est un jour de feu.

Ils marchent sur la plage. On ne sent aucun vent. La mer est presque immobile. Aucun bruit nulle part. Le grondement dans ses oreilles s'est réduit à un chuintement qui s'agite doucement à l'arrière de son crâne.

Il ramasse un galet et le jette de toutes ses forces dans la mer. La pierre ricoche une, deux, trois, quatre fois, puis coule.

« Ce galet a mis trois millions d'années à monter sur la plage, dit Jesús, et toi, en une seconde, tu le renvoies à son point de départ.

— Tu veux que je me sente coupable ?

— Oui.

— Tu veux que je plonge pour essayer de le repêcher ?

— Tu fais ce que tu veux.

— Donc je suis libre ?

— Naturellement. Pourquoi cette question ? »

Peter se retourne et regarde vers la maison. Rita dort là-bas. C'est une belle maison, une maison sûre. Il pourrait vivre ici. Il pourrait vivre sur cette côte. Ils sont en sécurité, à présent. Ils sont libres.

Il ouvre ses bras comme pour embrasser la plage, le ciel, la maison, les rochers, la terre, les

261

buissons, les palmiers. Tout était là cette fameuse nuit. Ils étaient là.

« Comment Aitor a-t-il pu savoir pour moi, Jesús ? Qui je suis aujourd'hui ? »

Jesús hausse les épaules.

« Quelqu'un a dû lui dire. Tu comprends bien. Quelqu'un a dû lui dévoiler ma couverture. Ma nouvelle identité. »

Jesús ne répond pas. Il avance de quelques pas.

« C'était toi, hein ? C'était toi, Jesús. Tu m'as envoyé Aitor.

– Il faut y aller, mon ami. » Jesús sourit. « Il est tard. Ou peut-être trop tôt.

– C'était ton plan pour te débarrasser d'Aitor. Et de moi. L'assassin ne s'en tirerait pas après le meurtre, ou plutôt la tentative de meurtre. D'une pierre deux coups.

– Tu ne sais rien. *Nada, amigo. Nada y nada.*

– Tu as quitté la police ? Tu avais l'argent, hein ? Trois millions de dollars ? Je crois que tu as tiré bien davantage de cette nuit-là. Et d'autres nuits.

– Tu es très fatigué, mon ami. Tu as besoin d'un long repos.

– Et tu as rencontré Naiara ! La belle Naiara. »

Jesús ne bouge pas, il est aussi immobile que tout le reste sur la plage. Son visage est tendu.

« Tu as planifié ça aussi ? La première fois que tu l'as vue, au Bar Azul, tu as planifié une vie avec elle. Tu as décidé une vie avec elle. » Il s'approche d'un pas. « Et c'est aussi pour cette raison que tu voulais te débarrasser de moi.

– Mais pourquoi alors te forcer à revenir ici ? Et maintenant ? Pourquoi, par la Madone ?

– Tu invoques ton propre nom ? »

– Pourquoi, mon ami ?

– Parce que tu n'étais pas vraiment sûr. Quelqu'un comme toi veut être sûr à cent pour cent. Et parce que tu voulais régler son compte à Aitor une fois pour toutes. Ses dix-neuf ans de prison ne suffisaient pas. Et tu voulais aussi me régler mon compte. »

Jesús avance d'un pas vers Peter. Ils sont si près qu'ils pourraient se prendre dans les bras.

« Peter, Peter, écoute-moi. Aitor a agi tout seul. Il avait son propre agenda, ses propres raisons, et il ne s'agissait que de haine. De haine, de vengeance et de pouvoir. C'est toute sa vie, ça ne changera jamais.

– Alors vous pouvez marcher la main dans la main, Jesús.

– Je ne hais personne, Peter. Je n'ai besoin de me venger de personne. Aitor a dû te faire part de ses projets. Il voulait devenir le grand boss de la mafia sur la Costa del Sol.

– Et il n'était pas question qu'il te chasse de cette position, Jesús. »

Jesús pose son bras sur l'épaule de Peter, comme pour le soutenir.

« Tu es encore sous le choc, mon ami. Nous allons veiller à ce que tu te reposes au plus vite. »

Il fait un geste à l'homme qui les a suivis sur la plage. C'est celui qui gardait la porte. Le même qui courait près de Jesús sur la plage, qui a été touché au bras et à la poitrine, ou seulement au bras, qui a explosé dans une mare de sang comme Jesús. L'homme n'était pas armé sur l'autre plage, mais il tient à présent un pistolet-mitrailleur. Il y a du sable sur l'arme. Comme s'il venait de le déterrer. Comme s'il était resté sous le sable toutes ces années dans l'attente d'une suite. Et c'est maintenant.

L'homme s'approche, un, deux, trois, quatre pas. Il y a toujours une distance, mais il n'a pas besoin de plus.

Peter entend un rugissement derrière lui et se retourne. Une voiture arrive à grande vitesse sur la plage. Elle fonce sur eux.

Elle freine tout près. À contre-jour, Peter ne voit pas qui conduit.

Une portière s'ouvre à l'avant. Naiara descend.

L'autre portière s'ouvre. C'est John Österberg.

Naiara rejoint Jesús en quelques pas et lui donne une gifle. Elle claque comme un coup de fouet dans le silence de la plage.

« Je sais ce que tu as fait ! crie-t-elle. Je sais que tu as menti ! »

Jesús ne répond pas. Il se passe la main sur la joue. Il regarde vers John Österberg, qui tourne les yeux vers la mer.

Naiara fait un geste vers Peter.

« Qu'est-ce que tu comptais faire de lui ?

– Absolument rien.

– Et pourquoi Raúl est-il ici ? Pourquoi a-t-il ce fichu pistolet-mitrailleur ?

– Raúl est toujours avec moi. Tu le sais. »

Elle montre à nouveau Peter.

« Tu ne le touches pas ! Tu comprends ? Tu ne le touches pas !

– C'est promis.

– Comme tu avais promis pour Aitor ! Où est-il ?

– Chez le médecin.

– Quel médecin ?

– Peu importe.
– Peu importe la tombe où il est enterré, tu
veux dire ? »

La matinée a doucement avancé. Ils descendent
l'escalier : Jesús, Peter qui tient Rita par l'épaule,
Naiara. Ils font quelques pas jusqu'à la limousine
qui attend sur la plage. La lumière du matin brûle
la carrosserie. La mer est calme. Peter aperçoit au
loin la silhouette d'un voilier. Mauvaise journée
pour la voile.

« Comment s'appelle cette plage ? » demande
Rita.

Peter embrasse la plage du regard. Comme s'il
la voyait pour la première fois.

« En fait, je ne sais pas. »

Jesús s'est retourné.

« Comment s'appelle cette plage ? » répète Rita.
Lui aussi regarde la plage.

« Cette petite crique ? Elle n'a pas de nom. »
Il regarde à nouveau. Ils se sont arrêtés. Il sourit
à Rita.

« Vous pouvez lui donner le nom que vous voulez.

– Que voulez-vous dire ?

– Je vais bientôt… comment dire ? Je vais être
le chef par ici. Je pourrai faire ce que je veux. Je
peux lui donner votre nom, Rita.

– Je ne crois pas en avoir envie.

– Nous pouvons la baptiser playa Rita.

– Il faut que j'y réfléchisse. »

Jesús s'incline légèrement. La limousine démarre
avec un doux ronron. Jesús ouvre une des portières arrière.

265

« Je crois que Naiara aimerait vous avoir avec elle, Rita. »

Il regarde Rita, puis Peter.

« Nous allons tous prendre le petit déjeuner, ce n'est pas loin d'ici. » Il regarde à nouveau Rita. « Vous montez avec John dans cette voiture, nous vous suivons dans la guimbarde que Naiara a prise pour venir ici. Je ne l'ai pas conduite depuis des siècles.

— Une fois, tu l'as piquée », rappelle John.

Jesús rit.

« Tu l'as récupérée le soir même.

— Pourquoi on ne prend pas tous la limousine ? suggère Naiara.

— Nous serons juste derrière vous, dit Jesús. J'en profiterai pour parler de quelque chose avec Peter. Je veux le faire seul. »

Il lève ses mains. Elles sont propres, elles ne tiennent rien de dangereux. « Naiara…

— OK, OK. Rendez-vous au Barquito. »

Ils se regardent, Peter et Naiara. Il voit qu'elle se souvient, mais aussi que c'est tout. Le passé est toujours là, mais c'est tout. Désormais, elle vit tournée vers l'avenir. Là, ils se séparent. Peut-être en a-t-il toujours été ainsi. Ça n'a plus d'importance. Désormais, seul compte le présent.

« Dans quinze minutes, dit Jesús.

— Je ne veux pas partir sans Peter, objecte Rita. C'est ridicule.

— Je veux… que tu le fasses, intervient Peter.

— Pourquoi ?

— Mais on se revoit dans quelques minutes.

— Tu n'as plus peur ?

— Non.

– Sommes-nous avec des amis ?

– Bien sûr, dit Naiara. Je suis votre amie, vous le savez. »

Rita ne répond pas.

« Je suis aussi un ami », renchérit Jesús.

Elle se retourne sur la banquette arrière. Les hommes sur la plage sont de plus en plus petits. Ça va terriblement vite.

« Où va-t-on ? dit-elle en se tournant vers Naiara.

– Prendre le petit déjeuner.

– Tout le monde y sera ? Je ne suis pas certaine.

– Vous êtes inquiète ? Vous voulez que je dise à John de s'arrêter ? Vous voulez faire demi-tour ? »

Elle se retourne à nouveau. Les hommes sont si petits à présent qu'on les voit à peine. Ils ne sont plus rien.

« Non, on y va. »

John roule entre les dunes. Elle aime son visage, ses yeux dans le rétroviseur. Ses tatouages aux bras sont rassurants. C'est ici l'endroit le plus rassurant de la plage, le seul peut-être. Elle aime bien Naiara. Elle ne la connaît pas. Elle l'a aimée la première fois qu'elle l'a rencontrée, par l'inter-médiaire de John. Elle doit une fière chandelle à John.

« On ne pourrait pas prendre le petit déjeuner de notre côté ? propose-t-elle.

– Bien sûr, accepte Naiara.

– Je connais un endroit », dit John.

Il laisse la limousine se frayer un chemin sur la route étroite entre les dunes. C'est là qu'ils sont passés cette nuit. Il n'y avait alors rien dehors. Elle avait perdu tout espoir. Elle ne savait pas ce qui l'attendait. Maintenant, elle sait. Ce qui l'attendait, c'était son avenir. Juste le sien.

John s'arrête devant une petite maison de bois au milieu de la plage. Un homme sort et leur fait un signe amical de la main, comme s'il les avait attendus toute la matinée.

« Voici Andrés, présente John. Le Catalan le plus sympathique de la côte.

– Je ne suis jamais venue ici, remarque Naiara.

– Le meilleur petit déjeuner, assure John.

– J'ai super faim, déclare Rita en suédois.

– Ça fait plaisir d'entendre les expressions suédoises, dit John. En Suède, tout est toujours *super*.

– Et qu'est-ce que ça veut dire ? interroge Naiara.

– C'est juste une façon de parler », dit John.

Ils saluent Andrés, qui les installe à une table sur la véranda. Le soleil est haut, il a amené le jour. L'eau scintille comme tout l'or d'Espagne. Tout est là, songe-t-elle, toute la richesse est là depuis toujours, à scintiller à la surface. Il suffit d'y aller à la rame avec une barque et un filet.

« *Salmonete, lubina, dorada, merluza, besugo, lenguado, gambas, cigalas...* », liste Andrés en souriant.

« Amène tout, dit John. *A la plancha.* »

Andrés lève un pouce et s'en va.

« Qu'est-ce qu'on va manger ? demande Rita.

– Des poissons grillés et des crustacés, en quantité, explique John. Pêchés il y a quelques heures. Nous avons très faim. La nuit a été longue. »

Andrés revient avec une carafe de vin blanc et trois verres. Il sert Rita et Naiara. Un goût de mer et de minéraux, pense Rita. Et de soleil. C'est la première fois que je bois du vin au petit déjeuner. Pas la dernière.

Ils restent un petit moment silencieux. Une voile passe lentement au large de la baie. Il n'y a pas de vent.

« Bon, on a fait notre boulot, dit Naiara en regardant Rita.

– J'ai l'impression.

– Tout à fait. Ils n'ont qu'à se débrouiller, maintenant. Moi je dis : bonne chance.

– Moi je dis : *adiós*.

– Ha ha. Autant dire *adiós* pour toujours. Pour eux, ça n'en finira jamais. Les hommes comme Jesús ou Aitor sont incapables de laisser quoi que ce soit inachevé. Peu importe s'il s'est écoulé vingt ans, ou plus. C'est de la folie. Ça n'a plus rien de logique. Là, ils ont battu des records. Je ne sais pas si c'est typiquement masculin, mais j'ai bien l'impression.

– Peter aussi a ça dans le sang, dit Rita. Depuis toujours.

– Peut-être qu'ils sont amoureux, suggère Naiara en souriant. Peut-être qu'ils sont tous amoureux. »

Elle lève son verre.

« À l'amour ! »

Rita lève son verre. John regarde la mer. Ceci ne le concerne pas.

Ils boivent à nouveau. Rita sent l'alcool passer lentement dans son sang, lentement comme cette voile là-bas. Elle hume l'odeur du poisson grillé. Andrés est revenu avec une corbeille de pain et des piments grillés. Elle ferme les yeux. Elle vit.

« Je quitte Jesús, annonce Naiara. J'ai pris la décision cette nuit.

– Bonne idée, approuve Rita.

– La vie est trop courte, ajoute Naiara.

– J'y pensais justement. Je vais rentrer à la maison et faire la même chose.

– Quitter Peter ?

– La vie est trop courte, vous avez raison. » Elle lève à nouveau son verre. « Je vais rentrer, récupérer les filles et déménager.

– Je peux vous aider à trouver une maison par ici.

– Merci.

– Mais si Peter veut rester ici lui aussi ?

– Je ne crois pas, dit Rita en souriant. Mais la côte est vaste, il y a peut-être de la place pour tout le monde.

– Pas vraiment pour tout le monde. »

Ils entendent des pas sur la véranda. Andrés porte les plateaux avec l'aide de sa fille.

« Mon Dieu, voici la bouffe », se réjouit John en se levant.

17

Jesús conduit. Ils quittent la plage, roulent à travers les dunes sur les traces de la limousine. Il voit un signe de main à la vitre arrière. C'est Rita. Il agite la main à son tour. Il voit les montagnes au loin, derrière Estepona, les montagnes blanches. C'est chez Jesús. Ce soir, ils seront là-bas. Je reviens toujours là où j'ai été, pense-t-il. La vie n'est qu'un putain de cercle. On n'en sort pas.

Ils roulent sur la route secrète. Rien n'a changé ici, à part que la route n'est plus secrète.

Jesús contourne une formation rocheuse. Elle est là depuis trois millions d'années. Quand Jesús fait une embardée vers la droite, Peter aperçoit le holster sur sa poitrine, la crosse mate du pistolet. Il fera un bon maire. Il est fait pour.

Jesús montre de la tête le sommet de la montagne. Il luit dans la lumière du matin.

« Dommage que tu ne t'appelles plus Berger, dit-il.

— Moi aussi, ça me manque.

– Nous portons le même nom, mon ami. Que tu en aies pris un autre ne change rien. Nous sommes faits pareil. Nous sommes liés.

– Nous sommes dans la même voiture, dit Peter.

– Dieu merci pas dans le même bateau.

– Il y a encore des bateaux ? Des contrebandiers ? Comme avant ?

– C'est pire. Tout est pire. Maintenant, ce sont surtout des cargaisons d'êtres humains. Des pauvres diables d'Afrique noire. Et des Arabes, maintenant que toute l'Afrique du Nord est en train d'exploser. Des clandestins. La mer en est couverte.

– Je comprends que ça te brise le cœur.

– Ça brise le cœur de tout être civilisé.

– Pas le tien. Ton cœur ne se brise pas. Ça n'est jamais arrivé. »

Jesús semble sur le point de dire quelque chose, mais se ravise. Ils voient toujours la limousine devant eux, ils roulent toujours près de la mer. Le soleil s'élève lentement, là-bas dans le ciel, au-dessus de l'Afrique.

« J'ai un rêve, confie Peter.

– Nous en avons tous un, mon ami.

– Ce n'est pas ce que tu crois. Il s'agit de ma vie. C'est le genre de rêve qu'on fait en dormant.

– Beaucoup dorment debout.

– Pas moi. Ce rêve revient. Je le fais depuis plusieurs années, mais il revient maintenant presque toutes les nuits. Ces dernières semaines. Toutes les nuits.

– Et de quoi s'agit-il ? »

272

La limousine a disparu derrière des rochers. Ils vont bientôt rejoindre la grand-route vers Estepona. Il a faim. Il veut manger.

« Je me réveille dans une chambre inconnue. Un corps sans vie est couché à côté de moi. C'est ce que j'ai le temps de voir avant qu'on tambourine à la porte. Quelqu'un crie de l'autre côté.

– On dirait un film.

– Ce n'est pas un film. Ou alors un film dans ma tête.

– Et après ?

– Ça continue à tambouriner. Il y a une terrasse à l'arrière de la pièce. C'est une sorte de chambre d'hôtel, ou d'appartement. C'est au rez-de-chaussée. J'ouvre la porte de la terrasse et je m'enfuis à travers un jardin.

– Tu appelles ça un cauchemar ?

– Je n'ai jamais parlé de cauchemar. Et ce n'est pas fini.

– J'écoute.

– Je fuis à travers un jardin, des parcs, des rues. Je cours sur une plage. Je cours parmi des maisons. Je crois que tout le monde est après moi. Tout le monde me poursuit. Tu reconnais cette sensation ?

– Non.

– Je comprends. Mais je n'ai nulle part où aller. Tout est inconnu et dangereux. Je m'assois dans un café. Je dis quelque chose à quelqu'un. Je m'en vais.

– Oui ?

– Quand je me réveille, j'ai toujours ces images en tête. Pourquoi étais-je là ? Qui était couché à

273

côté de moi ? Où étais-je ? Je veux savoir. Si je savais, j'échapperais à tout ça.

— Tu veux dire que tu rêves que tu échappes à ton rêve, c'est ça ?

— Je ne sais pas. Mais je retourne dans cet hôtel, je sais apparemment où c'est. Je sais quelle chambre. C'est la chambre 10, je m'en souviens. J'ai dû y habiter.

— C'est le cas, non ?

— En tout cas, j'entre dans la chambre, j'ai récupéré une clé à la réception en prétendant que je voulais jeter un œil dans cette chambre qu'on m'avait particulièrement recommandée. Je referme la porte derrière moi. Il fait sombre. De lourds rideaux pendent devant la porte vitrée de la terrasse. Je sens que la porte est fermée. Il n'y a pas de clé. Je me retourne et vois le corps à terre. Et là, ça se met à tambouriner à la porte. On frappe, on frappe encore. Je reconnais les cris. C'est la même voix. Je ne sais pas qui c'est. »

Il se tait. Ils roulent toujours sur le sable.

« Et après ? dit Jesús. Que se passe-t-il après ?

— Rien. Je me réveille. Je me réveille toujours à ce moment-là. Toujours. Je n'ai jamais la réponse.

— Mmh.

— Je ne sais pas si je veux savoir. »

Jesús se tourne une seconde vers lui. Ils roulent à présent dans le paysage désert au-delà des rochers. On ne voit plus la mer.

« Il y a une chose que je voudrais savoir, dit Jesús. C'est une des raisons pour lesquelles je voulais être un petit moment seul avec toi.

– Une des raisons ?

– Il y a quelque chose que je dois savoir. Réponds-moi franchement.

– Franchement ?

– Tu répètes ce que je dis. Tu as un problème, là.

– Rita dit ça aussi. »

Jesús conduit lentement sur la route de gravier. La terre est rouge alentour, comme gorgée de vie.

« Quand tu as tiré sur Raúl et moi... savais-tu que c'était avec des balles à blanc ?

– Qu'est-ce que c'est que cette foutue question ?

– Réponds. Tu savais ?

– Comment tu peux demander ça, Jesús ?

– Je sais que Naiara a donné le pistolet à Rita. Je sais tout. Mais je ne sais pas si tu savais... tout.

– Tu veux dire que Rita ne m'aurait rien dit ? Et qu'elle aurait échangé le pistolet que m'avait donné Aitor sans que je le sache ?

– Tu réponds à ma question par des questions.

– Ça, c'est un autre de mes problèmes.

– Moi, c'est mon unique problème.

– Mais bien sûr, que je savais ! Comment peux-tu en douter ?

– Il y avait quelque chose dans tes yeux. Là-bas, sur la plage.

– C'était sans doute du sable.

– Je ne plaisante pas.

– Je croyais. Une plaisanterie de mauvais goût. »

Jesús arrête la voiture au milieu de nulle part. Le soleil est partout à présent. Le paysage se réveille

275

avec réticence. Aux portes du désert, Peter aperçoit quelques maisons de pierre. Personne ne se
risque jusqu'ici. Il baisse la vitre de sa portière et
passe le bras dehors. Le soleil est brûlant sur sa
main. Il n'y a pas un souffle de vent. Il se tourne
vers Jesús.

« Où est Aitor, en ce moment ?

– Peut-être en train de siroter une bière fraîche
quelque part.

– Sur un lit d'hôpital, tu veux dire ?

– Non. Il est en pleine forme, comme toi et moi.

– Je ne suis pas en pleine forme.

– Tu comprends ce que je veux dire.

– Tu veux dire que sur Aitor aussi on a tiré à
blanc ?

– Naturellement. »

Jesús montre son holster. « Pas avec ça.

– Pourquoi est-il toujours en vie ?

– Il peut encore être utile à l'avenir.

– Il a bien simulé, souligne Peter.

– Il avait un bon maître. Je lui ai montré comment mourir de façon convaincante.

– Où est-il ?

– Tu l'as déjà demandé. Tu continues à te répéter. Il se planque quelque temps. Son frère a une
petite ferme dans les environs.

– Son frère ? Jou ?

– Il n'a qu'un seul frère, que je sache.

– Mais enfin, il est mort ! objecte Peter. Tu l'as
abattu.

– Qui a dit ça ?

– Aitor.

– Il l'a rêvé.

– Tu mens, Jesús.

– Je ne mens jamais au sujet de la mort. »

Peter tente de dire quelque chose, mais se tait. Ses pensées tournent à vide dans sa tête. Impossible de les stopper.

Il fait trop chaud dans la voiture.

« J'ai encore une question, dit-il en se tournant vers Jesús.

– C'est ton droit.

– Tu savais, hein ? Tu savais déjà quand Aitor m'a contacté en Suède. À Stockholm.

– Oui.

– Tu es cynique, Jesús. Toujours le même flic corrompu. Tu as prévu de te débarrasser de moi.

– Et pourquoi ne l'ai-je pas fait, alors ?

– Naiara t'en a empêché. Et pas seulement aujourd'hui, sur la plage. »

Jesús démarre la voiture.

« Elle m'a sauvé la vie, dit Peter. Et aussi à Rita.

– Peut-être bien. Tout ça, maintenant, c'est du passé, dit Jesús en passant la première sur la route étroite. C'est fini. Ça n'existe plus. »

Il se tourne vers Peter.

« Je veux te proposer du travail.

– Du travail ?

– À condition que tu arrêtes avec ces foutues répétitions.

– Quel genre de travail ?

– Tu es un pro des relations publiques. Je sais que tu es doué. Je vais avoir grand besoin d'un bon marketing à l'avenir. Et l'avenir commence maintenant. Au diable le passé.

– Tu es fou, Jesús. Vraiment fou.

– Je veux que tu gères mes campagnes, à partir de maintenant. Il faut que je travaille avec quelqu'un qui me connaît vraiment bien. Et que je connais. On est du même genre, toi et moi, tu ne peux pas le nier. Nous sommes en route vers de grandes choses. Rien ne nous arrêtera.

– Et si je refuse ?

– Ne refuse pas. C'est une chance pour toi, mon ami. Une nouvelle chance. Tu vas enfin sortir de cette chambre d'hôtel. Plus personne ne tambourinera à ta porte. Voilà la réponse.

– Et si je refuse ?

– Ne refuse pas.

– Pas moyen de t'échapper, hein ?

– Comme je viens de te le dire : c'est une nouvelle chance pour toi. »

Jesús éclate de rire.

« Comme ça, tu auras peut-être d'autres occasions de me tirer dessus. Nous pourrons réutiliser ce truc. »

Il a les deux mains sur le volant. Peter se penche vers lui, glisse la main sous sa veste de lin et saisit l'arme dans le holster. Son geste semble très lent, comme au ralenti, mais tout va très vite, comme toujours quand on agit à l'improviste.

Il se jette en arrière contre la portière, le pistolet dirigé vers Jesús.

Jesús essaie de continuer à rouler sur la route mauvaise. La voiture bringuebale. Rouler hors-piste ne changerait pas grand-chose. Il s'accroche à la vie, pense Peter. Je suis le seul à pouvoir laisser la voiture continuer à rouler sur la route mauvaise de la vie.

Ils respirent tous les deux bruyamment.

Jesús maintient la voiture sur la route. C'est la ligne de vie.

Il jette un coup d'œil à Peter. Ses yeux sont comme sur la plage. La seconde où il ne savait pas s'il était mort ou non.

« Je vais peut-être saisir l'occasion dès maintenant, dit Peter.

– Baisse ce pistolet !

– Finalement, c'est peut-être la seule issue.

– Ne tire pas ! Ce ne sont pas des balles à blanc ! »

Peter entend le hurlement à ses oreilles. Il a du mal à respirer. Il parvient à tâtons à baisser la vitre derrière lui. Le vent frappe l'arrière de sa tête.

« Naiara ne t'aidera pas si tu fais ça ! crie Jesús. Pense à Rita ! Personne ne pourra t'aider ! »

Jesús enfonce l'accélérateur. La voiture hurle. Quelque chose se passe sous le capot de la vieille voiture. Peut-être le carburateur. Ils passent devant une petite maison, une cabane en pierre calcaire. Un homme sort, à cause du terrible vacarme. Même ici, on ne peut pas être tranquille. Il voit une voiture passer plus lentement que ne le laissait penser son bruit assourdissant. Il voit un homme de profil, un pistolet à la main. La voiture heurte un tas de gravillons. Il était destiné au nouveau patio derrière la maison, il avait mis plusieurs jours à les ramasser, à les tamiser. La voiture manœuvre et repart en cahotant sur la route.

Un coup de feu part. Quelques secondes plus tard un autre, comme en écho. Les détonations se précipitent dans le ciel vide, le paysage vide.

Comme quand les chasseurs de la base de Cadix passent le mur du son.

La voiture ralentit.

Elle s'arrête en travers de la route à quelques centaines de mètres de la maison. L'homme voit à présent la voiture flotter comme un mirage dans la chaleur vitrifiée. Il reste debout à sa porte.

La portière droite s'ouvre. Peter sort avec des mouvements saccadés. Il a terriblement mal dans l'épaule droite. Il tient toujours le pistolet.

Il est à présent au bord de la route. Devant lui, un champ désert, rouge comme du vin. Il balance le pistolet aussi loin qu'il peut sur ce champ, à trois millions d'années de là. L'arme disparaît en vol, aspirée par le ciel. Ses yeux le brûlent. Il se retourne et regagne la voiture.

La portière gauche s'ouvre. Jesús sort. Il a l'air d'avoir mal partout. Il est debout à présent.

Il a levé à nouveau son pistolet. Sa main a tremblé. Jesús a tremblé, ses mains ont tremblé sur le volant. Il n'arrivait plus vraiment à contrôler la voiture. Leurs regards se sont rencontrés. La voiture tremblait dans la poussière de la route. Elle envahissait tout.

Il a sorti sa main et a tiré deux fois vers l'avant, dans le vide. C'était là où ces deux coups de feu étaient le plus utiles, l'un après l'autre à bout portant dans le néant. Le recul était aussi terrible que s'il avait tué quelqu'un. Ce n'était pas des balles à blanc.

280

Il s'approche de la voiture. Qu'elle semble petite. Elle est intacte. Comme Jesús semble petit. Jesús est assis sur la route, à présent. Il peut rester assis là autant qu'il veut. Personne ne passera aujourd'hui. C'est toujours une route secrète, autant qu'il sache.

Il tourne les talons et s'en va, vers l'ouest.

Jesús se lève. Il part dans l'autre direction.

Aucun des deux ne se retourne. Ils ont bientôt disparu dans le paysage.

CET OUVRAGE A ÉTÉ COMPOSÉ PAR NORD COMPO
POUR LE COMPTE DES ÉDITIONS J.-C. LATTÈS
ET ACHEVÉ D'IMPRIMER EN FRANCE
PAR CPI BUSSIÈRE
À SAINT-AMAND-MONTROND (CHER)
EN FÉVRIER 2014

JC Lattès s'engage pour
l'environnement en réduisant
l'empreinte carbone de ses livres.
Celle de cet exemplaire est de :
780 g éq. CO_2
Rendez-vous sur
www.jclattes-durable.fr

PAPIER À BASE DE
FIBRES CERTIFIÉES

N° d'édition : 01. — N° d'impression : 2007785.
Dépôt légal : mars 2014.